Ein einsames Kloster im Wald, Nacht und Nebel über dem alten Kirchhof, auf dem sich seltsame Gestalten zu schaffen machen: Viktor und Wolfgang Anders, die Bestatter, haben einen Deal mit dem in der Fränkischen Schweiz lebenden Schweigeorden der Kartäuserinnen. Stirbt eine der wenigen Nonnen, die noch im Kloster leben, bahren die anderen sie auf und ziehen sich zurück, bevor sie jemand zu Gesicht bekommt. Dann kommen die Bestatter, um die Tote allein auf dem klostereigenen Gottesacker zu begraben. Doch als Viktor und Tobias das Grab ausheben, finden sie eine Leiche, die dort nicht hingehört …

TESSA KORBER, 1966 in Grünstadt in der Pfalz geboren, studierte in Erlangen Germanistik, Geschichte und Kommunikationswissenschaften und promovierte im Fachbereich Germanistik. Die Autorin lebt in der Nähe von Würzburg.

TESSA KORBER BEI BTB
Gemordet wird immer. Ein Bestatter-Krimi (74171)
Zum Sterben schön. Ein Bestatter-Krimi (74725)
Die Katzen von Montmartre. Kriminalroman (71444)

Tessa Korber

Schweig wie ein Grab

Ein Bestatter-Krimi

btb

Sollte diese Publikation Links auf Webseiten Dritter enthalten,
so übernehmen wir für deren Inhalte keine Haftung,
da wir uns diese nicht zu eigen machen, sondern lediglich auf
deren Stand zum Zeitpunkt der Erstveröffentlichung verweisen.

Verlagsgruppe Random House FSC® N001967

1. Auflage
Genehmigte Taschenbuchausgabe März 2018,
btb Verlag in der Verlagsgruppe Random House GmbH,
Neumarkter Str. 28, 81673 München
Covergestaltung: semper smile, München
Covermotiv: © Jill Battaglia/Trevillion Images;
David Baker/Trevillion Images
Satz: Uhl + Massopust, Aalen
Druck und Einband: GGP Media GmbH, Pößneck
mr · Herstellung: sc
Printed in Germany
ISBN 978-3-442-71595-4

www.btb-verlag.de
www.facebook.com/btbverlag

1

Viktor Anders hob den Kopf und lauschte. Neben den Geräuschen der Kühlung, die die Leichen in ihren Fächern frisch hielt, war das helle Zwitschern einer Amsel zu vernehmen, das den Tag verabschiedete. Viktor musste nur diesen Laut hören, um zu wissen, dass draußen im Garten die Abenddämmerung zwischen den Kieferbäumen stand und der Himmel über dem Dach ihres Hauses tief dunkelblau wurde.

Fürsorglich strich er der alten Dame die blond gefärbten Löckchen aus der Stirn. »Dann wollen wir mal Schluss machen für heute, Frau Müller.« Er hob den Lippenstift gegen das Licht, von dem Herr Müller gesagt hatte, seine Frau hätte das Haus niemals verlassen, ohne ihn aufzulegen. Er war viel zu grell.

Frau Müller hatte die Augen geschlossen und die Hände auf der Brust verschränkt. Sie würde sich in diesem Leben nicht mehr zu Kritik an ihrem Geschmack äußern.

Viktor deckte die Frau wieder zu, das leuchtende Lippenrot, die bis unter die gezupften Brauen türkisfarben geschminkten Lider, die Dauerwelle mit der Glitzerspange im Haar. Sie war das Ebenbild der Frau auf dem Foto, das ihnen als Schminkvorlage gedient hatte und das er ihr nun auf die Brust legte, ehe er sie wieder in ihr Kühlfach schob. Ihr Leben lang hatte sie versucht, die junge Frau von zwanzig Jahren zu konservieren, als die sie sich immer gesehen hatte. Jetzt, im Tode, war dieser groteske Versuch endgültig zu etwas geronnen, dem man nur mit Schrecken begegnen konnte. Oder mit Rührung.

»Gute Nacht«, murmelte Viktor und machte sich auf den Weg nach oben. In der Küche holte er sich eine Flasche Rotwein und ein Glas. Damit wollte er sich auf die Terrasse des alten Hauses setzen, in dem er zusammen mit seinem Onkel und seiner Tante wohnte. Die beiden im linken Flügel des ersten Stockes, er im rechten. Das Erdgeschoss und den Keller teilten sie sich mit den Toten.

Die Verstorbenen waren keine unangenehme Gesellschaft, fand Viktor. Er war schon vieles gewesen in den letzten zehn Jahren: Kellner, Pfleger, Wahrsager, Automechaniker, Drogendealer, Spülhilfe, Erntearbeiter, Surfbrett-Verleiher und Schüler eines Haiku-Meisters. Nirgends war er lange geblieben, immer auf Wanderschaft. Heimgekehrt war er auch nur, weil seine Eltern gestorben waren. Weniger um sein Erbe anzutreten, als um alte Rechnungen zu begleichen und Antworten zu erhalten, auf Fragen, die er noch gehabt hatte. Was er gefunden hatte aber war... Er hielt inne und dachte nach, ehe er den ersten Schluck Wein nahm. So etwas wie wachsenden Frieden? Gab es das überhaupt?

Bäume wuchsen. Menschen auch, bis etwa zum 18. Lebensjahr. Wie nannte man das, was danach geschah – oder auch nicht? Er spitzte die Ohren und hörte jetzt das regelmäßige Quietschen des Trampolins, auf dem sein Cousin Tobias sich austobte, um später besser einschlafen zu können. Tobias war schon achtzehn, aber noch immer war der Schlaf ein böses Monster für ihn, gegen das er jeden Abend kämpfte, so lange es ging.

So waren die Menschen, dachte Viktor und nahm einen tiefen Schluck. Sie zappelten herum, fochten die sinnlosesten Kämpfe aus, und am Ende fielen sie einfach um. Wie Frau Müller.

»Prost«, sagte er laut, als er an die alte Dame dachte. Wenn sie jetzt hier neben ihm im Zimmer aufgetaucht wäre, ein wenig durchsichtiger als die Rosenbüsche vor dem Fenster, mit lautlos wabernden Umrissen, um sich neben ihn zu setzen, er hätte ihr ein Glas hingestellt. Vielleicht hätte er mit ihr über ihren Geschmack in Sachen Styling gesprochen, ganz dezent natürlich. Vermutlich wäre sie dann beleidigt gewesen. Im Umgang mit Frauen, lebend oder tot, hatte er einfach kein glückliches Händchen.

Viktor nahm einen zweiten Schluck. Ah, tut das gut, dachte er nur, sonst nichts. Die Amsel sang. Das Geräusch des Trampolins. Es wurde Nacht.

Mit dem siebzehnten Schluck spannte Viktors Seele unbeholfen ihre Flügel aus und setzte zum Landeanflug auf unerforschtes Gelände an. Auf einmal schrie Tobias wie eine Seemöwe, hoch und schrill. Viktors Landeklappen flatterten, verklemmten sich. »Was ist denn jetzt wieder?«, fragte er.

Dann klingelte es an der Haustür.

Viktor stand auf und brummelte Unverständliches über das feine Gehör seines Cousins, der den Ankömmling schon lange vor dem Klingelzeichen bemerkt hatte, obwohl er ihn unmöglich hatte sehen können, schließlich stand das Trampolin hinter dem Haus. Vielleicht hatte er ihn sogar auf irgendeiner anderen Ebene wahrgenommen, auf der Frau Müller vielleicht gerade an einem Schlückchen Wein nippte. Wer wusste schon, wie es im Gehirn eines Autisten zuging. Viktor öffnete die Tür.

»Frau Siebenschritt«, sagte er. Er bemerkte den gereizten Klang seiner Stimme und trat schnell beiseite, um den misslungenen Empfang wieder wettzumachen. »Kommen Sie doch rein.«

Frau Siebenschritt war die Frau eines vor zwei Tagen verstorbenen Apothekers. Sie war, was man in den besten Jahren nannte, gepflegt, schlank, diszipliniert. Mit lockerem Haarknoten und Perlenkette, beides trug sie schon seit zwanzig Jahren und würde es auch die nächsten zwanzig Jahre so halten. Sicherlich hatte sie sich noch nie irgendwo fehl am Platz gefühlt.

Sie hielt sich mit beiden Händen am Schulterriemen ihrer Handtasche fest. »Ich weiß, es ist spät.« Die Uhr im Flur schlug genau in diesem Moment satte elf Schläge und gab ihr recht. Die Geschäftszeiten waren lange vorbei. »Es tut mir leid«, sagte sie. Unsicher stand sie im Dunkel des Flurs.

Viktor zögerte, das grelle Deckenlicht anzumachen, und

entschied sich stattdessen für eine kleine Standleuchte, die unter ihrem Stoffschirm nur sanft glomm. Frau Siebenschritt sah aus wie jemand, dessen Gefährte vor fünf Wochen aus heiterem Himmel die Diagnose Krebs erhalten hatte, wie eine Frau, die an einem Sterbebett saß, ehe sie noch ganz begriff, was gerade geschehen war. Die tolle Reise nach Agadir: abgesagt. Die Wandergruppe: ohne sie unterwegs. Ihr Mann, eben noch gesund und für alles im gemeinsamen Leben verantwortlich, verlor Büschel von Haaren und schmiss mit Gegenständen um sich wie ein trotziges Kind. Dann hörte er auf zu atmen, und sie begriff es nicht.

Herr Siebenschritt lag jetzt hier bei ihnen im Keller, zwei Tage schon. Seine Witwe hatte sich bislang geweigert, irgendwelche Maßnahmen für seine Beerdigung zu ergreifen. Als könnte sie damit seinen Tod ungeschehen machen oder wenigstens verleugnen.

Solche Kunden gab es. Sie waren Onkel Wolfgangs Alptraum. Drei Tage durften zwischen Tod und Beerdigung vergehen. In dieser Zeit galt es eine Menge Entscheidungen zu treffen und Verwaltungskram zu erledigen. Wenn die Hinterbliebenen nicht mitmachten, geriet er als Bestatter in die Bredouille. Die meisten rissen sich zusammen und trauerten später. Oder sie hatten Helfer an ihrer Seite, die sie vertraten. Manche schienen kein Problem damit zu haben, ihre Angehörigen unter die Erde zu bringen. Einige zeigten sogar ein gewisses Vergnügen. Frau Siebenschritt gehörte nicht dazu. Jetzt war sie hier.

Sie trug ein Businesskostüm mit passenden Schuhen. Aber ihr Haar war kaum gekämmt, und ihr Gesicht leuchtend blass. Als Viktor sie näher betrachtete, bemerkte er, dass sie den Rock verkehrt herum anhatte: Die Nähte zeigten nach außen, und am Bund stand das Etikett ab.

»Ich muss ihn sehen«, sagte sie. »Ich muss ihn einfach sehen. Verstehen Sie?«

»Aber...«, wollte Viktor sagen. Dann besann er sich. »Kommen Sie.«

Er führte sie in den Anbau, vorbei an den nach Fichtenholz duftenden Sargrohlingen in der Werkstatt und der Kammer mit den Urnen, in denen die kremierten Toten ruhten. Dahinter gab es neuerdings noch ein Zimmerchen, in dem die Angehörigen in Ruhe von ihren Toten Abschied nehmen konnten. Es war auf Viktors Betreiben eingerichtet worden, ein schlichter Raum mit blauem Teppich, weißen Wänden und ein paar bequemen Sesseln, auf die Häkeldeckchen zu legen er Tante Hedwig gerade noch hatte hindern können. Seine Freundin Miriam hatte trockene silberne Stämme aus totem, gebleichtem Holz aufgestellt wie Statuen. Und wenn ein Termin anstand, schmückte sie diese Säulen sparsam mit Blumen. Heute waren sie kahl.

Viktor knipste das Licht an. Wieder einmal dachte er, dass er sich einen anderen Raum wünschte, größer, heller, mit gläsernen Wänden, die einem das Gefühl gäben, direkt zwischen den alten Kiefern im Garten zu stehen. Doch für so einen Neubau war Onkel Wolfgang noch immer nicht zu gewinnen. Tote sah man bei der Leichenwäsche, dann bei der Aufbahrung in der Kirche. Aber man hielt keine zivilen Treffen mit ihnen ab. Das hatte, in Wolfgangs Augen, etwas Anrüchiges.

»Warten Sie hier«, sagte Viktor. Er ging in den Keller, zog Herrn Siebenschritt aus der Kühlung, bettete ihn in aller Eile auf eine Rollliege und schob ihn in den Aufzug, der sie beide direkt hinauf in den Anbau bringen würde. Zum Glück hatte er noch ein fleckenloses Leintuch gefunden. Tante Hedwig war mit dem Waschen im Rückstand.

»Bitte«, sagte er, als er die Bremsen arretierte und das Laken zurückzog. Er wusste nicht, was er sonst sagen sollte. Herr Siebenschritt roch ein wenig nach Chemie. Er selbst nach Pinot Grigio. Beides war nicht ideal, aber nun einmal nicht zu ändern.

»Danke«, erwiderte Frau Siebenschritt. Sie legte ihre Handtasche auf einem der Sessel ab, zog ihre Kostümjacke aus, faltete sie ordentlich zusammen, sie ließ die Pumps von den Füßen gleiten, dann legte sie sich neben ihren Mann.

»Aber...«, wollte Viktor einwenden. Doch wiederum besann er sich. Es gab nichts, was er oder irgendein Außenstehender hierzu hätte sagen dürfen. Er ging hinaus und zog leise die Tür hinter sich zu.

In der Küche machte er eine weitere Flasche Wein auf und nahm ein zweites Glas aus dem Schrank, dann ging er nach draußen auf die Terrasse. Die Uhr im Flur schlug das Viertel. Frau Siebenschritt kam erst wieder nach oben, als eine Stunde vergangen war.

»Er ist tot«, sagte sie.

Statt einer Antwort schenkte er ihr ein. Sie drehte das Glas in den Fingern und schaute mit ihm in die Schwärze, in der sich die Bäume kaum mehr von der Nacht abhoben. Für einen Stadthimmel waren erstaunlich viele Sterne zu sehen.

»Warm für Oktober«, stellte Frau Siebenschritt fest und nahm einen Schluck. »Er war sehr kalt.«

Viktor nickte.

»Aber er sah friedlich aus. Ganz anders als im Krankenhaus.«

Viktor nickte wieder. Vermutlich konnte sie es nicht sehen. Aber das war ohnehin nicht wichtig.

»Der Wein ist gut«, meinte sie. »Geben Sie mir noch ein Glas.« Sie trank es in einem Zug leer. Langsam wurde sie gesprächig. »Wir sollten Wein ausschenken, bei der Aussegnung. Geht das? Und ich möchte, dass wir etwas von Grieg spielen. Die Lyrischen Stücke, die mochte er.« Sie summte die ersten Takte.

Das Quietschen des Trampolins setzte aus. Tobias kam lautlos herein. Die Mondscheinsonate kannte er. Mit Emil Gilels am Klavier. Sie erklang, wenn er die Taste des CD-Players drückte, die Tante Hedwig ihm mit grünem Leukoplast markiert hatte, damit er sie fand.

»Grün«, sagte er.

Frau Siebenschritt neigte den Kopf. »Ich fand immer, sie klingt blassgelb.«

Tobias dachte darüber nach. Dann ging er zu ihr und legte, ehe Viktor es verhindern konnte, den Kopf an ihre

Schulter. Mit einer unwillkürlichen Bewegung, die sie vermutlich tausendmal im Leben bei jemand anderem gemacht hatte, hob sie die Hand und strich ihm durchs Haar. Sie bemerkte es und begann zu weinen.

»Tobi!«, rief Viktor streng.

Tobias hob den Kopf. »Tolle Titten«, sagte er.

Vor Schreck erstarrte Viktor. Er und Frau Siebenschritt schauten einander an. Schon wollte er zu einer wortreichen Entschuldigung ansetzen, da begann sie plötzlich zu kichern.

Über sich selbst erschrocken, hielt sie sich die Hand vor den Mund, aber das Lachen war nicht aufzuhalten. Tobias stimmte mit ein, schließlich Viktor. Am Ende saßen sie unter dem Sternenhimmel und lachten gemeinsam in immer neu aufwallenden Kaskaden, bis sie nach und nach in Gluckern und Glucksen abebbten und schließlich verstummten.

Frau Siebenhaar schaute an sich hinunter. Sie umfasste ihre Brüste samt der Bluse. »Ich bin noch ganz gut beisammen, nicht wahr?«, fragte sie nachdenklich. Und fügte hinzu. »Ich bin siebenunddreißig.«

Als Viktor wagte, wieder zu ihr hinzusehen, sah er, dass Tränen über ihr Gesicht flossen. Aber sie lächelte noch immer. »Ich bin am Leben«, flüsterte sie. »Am Leben.«

Leise sagte Viktor: »Und irgendwann wird Sie das wieder freuen. Es darf Sie freuen.«

Nach einer Weile des Schweigens stand sie auf. Sie wankte leicht. »Danke«, sagte sie.

Viktor nahm ihre Hand. »Jederzeit«, sagte er.

»Zeit«, sagte sie und lächelte wieder. Dann packte sie den Riemen ihrer Handtasche und ging festen Schrittes davon.

2

Viktor war gerade dabei, Herrn Siebenschritt wieder zurück in die Kühlung zu verfrachten, als das Handy klingelte, das sie für ihren Tag-und-Nacht-Service eingerichtet hatten. Es war zwei Uhr morgens, und das konnte nur eines bedeuten: Kundschaft. Wie sagte sein Onkel immer so wahr wie enervierend: Der Tod kennt keine Zeit.

Seufzend hob er ab: »Anders und Anders Bestattungen, Sie sprechen mit Viktor Anders.«

Die Stimme, die an sein Ohr drang, war dünn wie Papier. »Kloster Trubenbronn«, sagte sie heiser. »Sie kennen die Vereinbarung.« Ehe Viktor ein Wort erwidern konnte, hatte die Sprecherin aufgelegt.

Verwirrt rief Viktor in den Hörer: »Hallo? Hallo? Welche Vereinbarung? Wer sind …?« Doch nur das Geräusch des Leerzeichens antwortete ihm. Er schüttelte den Kopf über sich selbst und legte endlich auf. Ein seltsamer Anruf war das gewesen. So eine tiefe Stille und dann die paar Worte, gesprochen wie aus einer anderen Welt. Beinahe wie eine Drohung.

In diesem Moment tat es oben im Haus einen Schlag.

Viktor knallte das Kühlfach zu und sprintete die Treppe hinauf in die Küche, wo sein Cousin schon herummarodierte. Tobias war Autist. Obwohl er achtzehn Jahre alt war, konnte er doch die meisten Verrichtungen des Alltags nicht alleine bewältigen. Er sprach kaum, war leicht aufzuregen, und wenn man seinen Vater fragte, Viktors Onkel und Geschäftspartner, so konnte er eigentlich nur eine Sache gut, nämlich das Leben seiner Familie aus purer Lust am Starrsinn zur Hölle machen. Seine Mutter, Tante Hedwig, sah in ihm dagegen eine empfindsame Seele, die in einen Körper eingesperrt war, der ihm nicht gehorchte. Viktor schwankte zwischen beiden Positionen. Er wusste, dass in Tobias verborgene Talente steckten. Eines davon hatte er selbst zutage gefördert: Er hatte Tobias ermuntert, Texte auf dem PC zu schreiben. Seit sie die lesen konnten, wussten sie, dass Tobias ein fotografisches Gedächtnis hatte und sich für Blumen interessierte. Er war eine Wundertüte, sein seltsamer Cousin. Andererseits, dachte Viktor, als er in die Küche kam und bremste, war er auch wieder sehr vorhersehbar. Das Szenario, das ihn erwartete, hätte er mit geschlossenen Augen beschreiben können. Der Kühlschrank war aufgerissen, ein Joghurtbecher geöffnet. Tobias hatte Zucker dazugeben wollen. Aber wenn er den Zuckerspender einmal anhob und der Inhalt begann herauszufließen, fand sein Körper die Bremse nicht. Er hörte nicht eher auf, bis der ganze Inhalt ausgeschüttet war und der Joghurtbecher unter einem Zuckerkegelberg begraben lag. Der Zucker war dann überall: auf dem Tisch, auf dem Boden, von Tobias' zuckenden Händen überall verteilt. Wütend ob des Misserfolges lief Tobi zwischen Herd und Fenster hin und her und schlug gegen die Wände. Im Mund hatte er einen Topflappen, auf dem er herumkaute. Tante Hedwig kaufte extra immer eine bestimmte Sorte aus Naturfasern, die für seine Verdauung unschädlich waren.

Viktor trat an den Kühlschrank, nahm eine Flasche Cola für sich und eine für seinen Cousin heraus und öffnete sie. Eigentlich hätte er Tobi schon um zehn ins Bett bringen müssen. Seine Tante legte viel Wert auf klare Strukturen. Viktor hatte die Erfahrung gemacht, dass man mit Tobi auch ohne Strukturen zurechtkam, wenn man ihm nur genug Cola, Joghurt, Zucker und die Möglichkeit bot, Tag und Nacht auf dem Trampolin zu springen.

»Hier, Tobi«, sagte er, reichte seinem Cousin eine der Flaschen und nahm selbst einen tiefen Schluck aus der anderen. Das tat gut. Nach all dem Wein und den großen Gefühlen musste er dringend wieder nüchtern werden. Langsam ebbte der Schreck in ihm ab, den das Telefonat und der Krach in ihm verursacht hatten.

»Himmelherrgott!« Viktor rülpste. »Du hast aber auch ein Timing. Ich dachte schon, hier brechen schwarze Mönche ein.«

Das scharfe Schrillen des Telefons, das er noch immer in der Hosentasche trug, ließ ihn erneut zusammenzucken.

Im Hintergrund hörte er lautes Rauschen, dazwischen Sirenen und Hupgeräusche. »Hallo?«, brüllte Viktor in das Chaos. »Sind Sie es noch mal? Von welchem Kloster sprechen sie?«

»Was?«, brüllte Wolfgang Anders zurück, ebenfalls in voller Lautstärke. »Wieso Kloster? Wo ist deine Tante?«

Viktor schaute sich in der leeren Küche um, als wüsste sie die Antwort. »Noch bei Miriam, schätze ich. Irgendwas bereden. So Frauensachen.«

»Verdammt.« Wolfgang Anders schwieg. Er schaute zur Seite, wo die Polizei auf der A 73 die rechte Spur für hundert Meter gesperrt hatte. Der Laster war aufs Bankett geraten und in den Lärmschutzwall gekracht. Er hatte trotzdem kaum eine Delle. Zwei Krankenwagen standen daneben. Die Sanitäter hatte darum gewetteifert, dem unverletzten Trucker eine Decke umlegen zu dürfen. Auch die Feuerwehr war vor Ort. Man begutachtete, palaverte und stemmte die Hände in die Hüften. Die Polizei nahm schon mal Maß für den Bericht. All die Blaulichter rotierten stumm und nutzlos, als wollten sie sagen »Zu spät, zu spät, zu spät«.

Wolfgang Anders' Blick fiel auf den rotbraunen Streifen, der vom Asphalt in die Wiese führte, und den anzufassen die Feuerwehrleute sich weigerten. Zuerst hatten sie gedacht, das Unfallopfer hätte sich aufgerappelt und wäre verschwunden. Dann hatten sie den Streifen näher betrachtet. Und das, was im Reifenprofil des 44-Tonners hing. Man hatte ihn gerufen, ihm eine Schaufel zur Verfügung gestellt, und war zurückgetreten.

Wolfgang Anders fühlte sich alleine.

»Weißt du was von einem Kloster?«, erkundigte Viktor sich brüllend an seinem Ohr.

»Im Ordner.« Wolfgang Anders seufzte. Warum blieb immer alles an ihm hängen? »Es steht alles im Ordner. Dem mit den Stammkunden.«

Der Trucker hob den Kopf und sah ihn an, blass wie der Tod selbst. Er hatte noch nicht begriffen, was geschehen war. Wolfgang wünschte ihm, das würde andauern. Ein Polizist kam auf ihn zu, tippte auf sein Handgelenk. Wolfgang Anders nickte. Die Zeit lief. Er konnte es vor sich sehen. Sie war ein ewig rollendes Rad, das alles zermalmte. Er wusste, dass er hiervon noch lange träumen würde.

»Onkel Wolfgang? Alles in Ordnung?«

»Es war ein Kind, Viktor, ein verdammtes Kind.«

Viktor wollte etwas sagen.

Doch auch sein Onkel hatte aufgelegt.

3

Eine Stunde später hatte Viktor sowohl den Ordner gefunden, in dem Anders & Anders die Organisationen auflisteten, mit denen sie Stammverträge hatten, die meisten davon Alters- und Pflegeheime, als auch Wikipedia befragt und war um einiges klüger. Was er erfahren hatte, kam ihm trotzdem seltsam vor. Zunächst einmal: Das Kloster Trubenbronn gab es wirklich, es lag tief in der Fränkischen Schweiz, fernab der in dieser Gegend ohnehin schon recht einsam gelegenen kleinen Dörfer. Und klein war auch das Kloster selbst, wenn man dem Eintrag im Internet glauben konnte. Gerade einmal acht Nonnen lebten dort. Viktor konnte sich lebhaft vorstellen, dass man nur eine Null dahinterzuschreiben brauchte, um auf den Altersschnitt in diesem Haus zu kommen. Plus x.

Die Nonnen von Trubenbronn waren Kartäuserinnen, das hieß, sie lebten und arbeiteten einsam und in tiefem Schweigen. Für Letzteres war Viktor wirklich dankbar, denn er würde Tobias mitnehmen müssen und hatte genug von all den dummen Kommentaren, die sein Cousin mit seinem schrägen Verhalten oft erntete. Diese Nonnen würden wenigstens die Klappe halten müssen. Was sie ansonsten tun würden, war schwer vorherzusagen. Zwei

Tassen Kaffee später stellte Viktor das Navi ein, bugsierte Tobi auf den Beifahrersitz, stellte das Radio laut und fuhr los.

Trubenbronn lag in Oberfranken, wirklich fernab ihrer üblichen Nürnberger Klientel, wenn sich das Unternehmen mit seinen Aktivitäten auch nicht auf die Stadt beschränkte. Bei Gelegenheit musste er seinen Onkel einmal fragen, wie er an diesen Vertrag gekommen war. Das Dokument hatte alt ausgesehen, fast, als stamme es noch aus den Sechzigern, als Viktors Eltern und Wolfgang das Bestattungsinstitut Anders gegründet hatten. Sein Inhalt mutete eher noch altmodischer an, beinahe mittelalterlich. Und ziemlich ausführlich: Das Kloster war im 13. Jahrhundert gegründet worden, ursprünglich für Mönche, Nonnen hatten die Gebäude erst später übernommen. Es besaß einen eigenen Gottesacker und das Recht, seine Toten dort zu bestatten. Wenn eine der Nonnen starb, so wurde sie von ihren Schwestern gewaschen, aufgebahrt und ausgesegnet. Ein Gärtner hob derweil die Grube für die Tote aus. Aufgabe des Bestatters war es nur noch, die Verstorbene in den Sarg zu betten, sie zu dem vorgesehenen Grab zu tragen und dort zu versenken. Zugraben und das Anbringen eines vorläufigen Holzkreuzes gehörten ebenfalls zu seinen Aufgaben. Danach hatte er das Kloster wieder zu verlassen. Eine der lebenden Bewohnerinnen würde er dabei nicht zu sehen bekommen, hieß es in dem Dokument. Der Bestatter hatte zu kommen und zu gehen wie ein Geist, unsichtbar und stumm.

»Meinst du, wir kriegen das hin, Tobi?«, fragte er seinen Cousin.

In dem Moment verlor das Radio seinen Empfang. So viel Viktor auch darauf herumdrückte und an Knöpfen drehte, sie bekamen keinen Sender mehr herein. Als hätten sie das Ende der Welt erreicht. Oder zumindest den Arsch derselben. Um sie herum war es noch dunkler geworden, Wald zog an ihnen vorbei. Windbruch säumte die Straße, die schmal wurde und kurvig. In Serpentinen schraubten sie sich einen Hügel hinauf. Die Landschaft sah nicht nur einsam aus, sondern fast verwüstet und gottverlassen. Das leise Rauschen des Radios. Jetzt mussten sie doch wirklich bald da sein.

»Bayern 3«, kreischte Tobi und schlug auf das Handschuhfach ein.

»Isjagut, isjagut, isjagut!« Viktor beeilte sich, den Airbag zu deaktivieren, damit er nicht auslöste. »Bezogen auf meine Frage werte ich das dann wohl mal als ein Nein.« *Unsichtbar und stumm.* »O Mann, das kann ja heiter werden.«

Er sah das Reh im letzten Moment.

»Achtung!« Viktor stieg in die Eisen. Flüchtig dachte er an die deaktivierten Airbags, sah die Frontscheibe, wie sie in Stücke sprang, wie Blut sich mit Scherben mischte, sie in einem Bogen in den Nachthimmel hinausfliegen, hoch, glitzernd, schön. Alles geschah ganz langsam. Real in jedem Detail und doch nicht ganz wahr. »Tobias?«, hörte er sich laut und in die Länge gezogen rufen. Die einzelnen

Buchstaben stiegen langsam wie Seifenblasen in die Luft auf, tanzten umeinander und platzten mit einem unhörbaren Laut.

Der Wagen brach aus, Viktor versuchte sich in der Realität zu halten, kurbelte, er spürte keinen Widerstand. Hastig drehte er das Lenkrad zurück, weit, viel zu weit. Tobias schrie, hoch und laut.

Mit quietschenden Reifen kam der Wagen zum Stehen.

Auf einen Schlag herrschte Stille. Das Tier starrte sie an, die Ohren nach vorne gedreht, reglos. Schwaden von Bodennebel zogen zwischen seinen schlanken Läufen hindurch, so schien es, und hüllten das tote Holz des Waldbodens ein. Ausatmen.

Im grellen Lichtkegel des Scheinwerfers wurde links auf einmal ein halb verfallener steinerner Torbogen sichtbar. Ein Kreuz aus Schmiedeeisen krönte ihn, halb von Efeu überwachsen. Vollmond, dachte Viktor benommen, das wär's jetzt. Er war noch immer mit Atmen beschäftigt. Irgendwie wollte es nicht mehr von alleine gehen. »Tobi! Alles in Ordnung?«

Statt seines Cousins verkündete das Navi: »Sie haben Ihr Ziel erreicht.«

4

Das Reh sprang davon. Mit zitternden Händen startete Viktor den Wagen neu, schlug ein und ließ ihn in Schrittgeschwindigkeit durch das Tor auf den schmalen Pfad rollen, der dahinterlag.

Eine schmiedeeiserne Pforte wurde sichtbar, dann tauchte eine freie Fläche aus dem Waldesdunkel auf, auf der der Nebel stand wie Wasser. Inseln gleich ragten Grabsteine daraus hervor, unregelmäßig und schief, alte Zähne in einem lückenhaften Gebiss. In diesem Moment wurde Viktor erhört, und der wolkenverhangene Himmel riss tatsächlich auf, um das Mondlicht durchzulassen. Der Nebel begann zu leuchten. Eine Kapelle zeigte ihre gotischen Umrisse. Jetzt bemerkten sie auch das flackernde Licht einiger Kerzen in den hohen Bogenfenstern. Dorthin mussten sie. Sie wurden erwartet.

Viktor drückte gegen die Pforte, die eiskalt war. Seine Finger rochen nach Eisen und Rost, als er sie an der Jackenbrust abwischte. Wie Blut. Das Tor quietschte lange und klagend. Falls jemand auf sie gewartet hatte, wusste er nun, dass sie da waren. Viktor trat nur leise auf, auch Tobias war ganz still neben ihm. Es rauschte in den hohen Tannen. Ein Nachtvogel rief. Von irgendwoher, schwebend und fein, vernahm Viktor Gesang. Er hatte davon gelesen. Sie standen nachts auf und priesen Gott. Es gab ein Wort dafür, es klang wie Glockenklingeln: Matutin. »Bayern 3«, murmelte Tobias.

Viktor fand die Kapellentür. »Ich glaube nicht«, sagte er, »dass die Schwestern wissen, was das ist.«

Die Tote lag vor dem Altar, sie sahen sie sofort. Sie trug das weiße Habit ihres Ordens, dazu einen schwarzen Schleier und ähnelte in allem verblüffend der Madonnenstatue, die von Kerzen umringt über ihr am Seitenaltar thronte. Nur dass sie die Hände nicht rang, wie die Jungfrau Maria es tat, und dass kein Heiligenschein sie umgab. Auch waren ihre Augen nicht ekstatisch verdreht, sondern in tiefem Frieden geschlossen. Sie war nicht alt, nicht jung. Ihre Haut hatte dieselbe bleiche Farbe wie die Kutte, die sie trug. Es war schwer, sich vorzustellen, dass sie jemals gelebt hatte. Prüfend legte Viktor seine Hand auf die ihre. Sie war kalt. Die Fingernägel peinlich sauber. Keine Fluse war auf der Kleidung zu sehen, kein Fleck.

Als Viktor aufschaute, entdeckte er die bereitgestellte Kiste aus Fichtenholz, von der er im Vertrag gelesen hatte. Die Nonnen legten offensichtlich keinen Wert auf aufwändige Särge. Also dann.

Da fiel ihm auf, dass er alleine war. »Tobias?«, rief er, erhielt aber keine Antwort. Er lauschte, doch es blieb still. Tatsächlich vollkommen still. Kein Vogel schrie, kein Ast knackte. Auch der Gesang der Nonnen war nicht mehr zu hören. Als eine der Kerzen mit einem Knistern aufflackerte, zuckte Viktor zusammen. Die Stille um ihn herum nahm langsam die Temperatur der Nacht an.

»Na gut«, sagte Viktor laut. Er versuchte, sich auf die anstehenden Aufgaben zu konzentrieren, um das Unbehagen zu verdrängen. Die Rolltrage über die holperige Friedhofserde zu bekommen, um die Verstorbene daraufzulegen und sie zum Grab zu transportieren, konnte er vergessen. Hier war Handarbeit angesagt. Oder vielmehr Bandscheibenarbeit.

Er schob die Hände unter die Tote und hob sie probeweise an. Sie war überraschend leicht. Mit dem Fuß angelte er nach dem Sarg und zog ihn heran. Wenn er den Oberkörper hinein hob, würden die Beine zwangsläufig folgen. Ordnen konnte er die ganze Sache später. Beschweren würde sich auch keiner, sie waren allein. Dann würde er den Sarg bis zur Schwelle schleifen und Tobi suchen gehen, damit er ihm helfen konnte, den Rest des Weges zu bewältigen. Bei der Gelegenheit konnte er gleich nach dem offenen Grab Ausschau halten, das laut Vertrag auf sie wartete.

»Tschuldigung«, murmelte er, als die Beine der Nonne hart auf dem Rand des Sarges aufschlugen. Dann stopfte er sie rasch hinein und schob die Kutte zurecht, ehe er sich aufrichtete. Sein Rücken tat jetzt schon weh. Verdammter Tobi.

Als er ins Freie trat, rief er so leise wie möglich den Namen seines Cousins, bekam aber keine Antwort. Zögernd schaute er sich um. Sollte er zum Hauptgebäude hinübergehen und schauen, was dort möglicherweise an Unheil geschehen war? Tobias hatte ein Talent, Menschen zu verstören. Was, wenn er auf einem Altartuch herumkaute? Viktors Worst-Case-Szenario enthielt einen Tobias, der der Mutter Oberin an die Kutte griff und dazu »tolle Titten« krähte. Ob sie auch dann ihr Schweigen durchstehen würde? Viktor war nicht wirklich scharf darauf, es zu erfahren. Aber die Nacht war fortgeschritten, sein Rücken schmerzte und ihm fehlte langsam die Kraft, sich gegen irgendwelche Verhängnisse zu stemmen. Sollten sie es doch unter sich abmachen. Im Notfall würde er sich auf die christliche Nächstenliebe berufen.

Er wandte sich ab und trottete auf den Friedhof. Das Gelände war nicht groß, vielleicht vier, fünf Reihen, die sich nach hinten in der Nacht verloren. Dort schien eine Mauer zu sein, die sich aber kaum vom Dunkel der Bäume dahinter abhob. Ein steinernes Kreuz erhob sich in der Mitte, auch dieses Monument stand wohl schon lange an seinem Ort und war von Bodensenkungen und Wurzeln aus der Geraden gedrängt worden. Moos, sah Viktor, als er näher kam, Moos und Flechten überzogen den Stein, bedeckten jeden Grabstein hier. Kaum einer, der noch aufrecht stand und seine vier Ecken besaß. Der fränkische Sandstein verwitterte rasch. Und die ganze Anlage war viele Jahrhunderte alt.

Es klirrte, als Viktor über die Schaufel stolperte, die anscheinend jemand für ihn zurückgelassen hatte. Jetzt roch er auch die frisch aufgegrabene Erde, feucht und würzig.

Tatsächlich nahm er durch die Nase mehr war, als er sah. Das neue Grab lag dicht an der Mauer, dort, wo es am dunkelsten war. Schwarz öffnete es sich und wartete auf ihn.

»Na, danke«, murmelte Viktor schaudernd. »So wünscht man sich das.« Dann hörte er schabende Geräusche.

»Tobi?« Viktor fuhr herum. Erschreckend laut klang ihm die eigene Stimme in den Ohren. »Bist du das?«

»So schade«, flüsterte eine Stimme. »So schade!«

»Tobi! Das ist nicht lustig!« Viktor ging ein paar tastende Schritte rückwärts, weg von der Grube. Etwas schlug scharf gegen seine Wade. Er schrie.

Als er in die Knie ging, ertastete er Holz, Erde, Metall. Es war die Schaufel: Er war auf ihr Blatt getreten. Der Klassiker! Er hatte Glück gehabt, dass es kein Rechen gewesen war. Zum Schrecken kam die Scham. Seine linke Wade schmerzte. Und er hatte schmierigen Lehm an den Händen und kein Taschentuch.

»Nicht nett! Nicht nett! Nicht nett!« Die Stimme war lauter geworden. Durchdringend kreischend, wie ein Vogel. Jetzt erkannte Viktor sie auch.

»Tobias.« Mühsam versuchte Viktor die Wut zu zähmen, die in ihm aufkam. Sein Cousin konnte nichts dafür, dass er selbst sich wie ein Idiot aufführte.

Er folgte den Tönen und fand seinen Cousin, der mit abgespreizten Knien dahockte und mit seinen großen, knochigen Händen auf den eigenen Kopf eindrosch. Als Viktor beruhigend auf ihn einmurmelte, hörte er endlich damit auf. Aber nur, um in dem lockeren Haufen Erde vor sich herumzuwühlen

»So schade«, murmelte er jetzt wieder, »so schade.«

»He, sachte, Kumpel.« Viktor wollte ihn hochziehen. »Du machst dich doch ganz schmutzig« Er dachte daran, dass auf diesem Grund die Toten vermutlich seit Jahrhunderten neben- und übereinandergestapelt worden waren. Sicher war die ganze Erde durchsetzt mit Knochen und den Überresten gläubiger Jungfrauen. Es war kein Sandkasten, in dem man Burgenbauen spielen konnte.

Aber Tobias ließ sich nicht wegziehen. Störrisch stieß er Viktor fort, griff erneut in die feuchte Erde und warf Hände davon hinter sich.

»He! Schmeiß hier gefälligst nicht mit Dreck.« Viktor wischte sich über die Hose. Erschrocken stellte er fest, dass sein Cousin schon einen ganz hübschen Krater geschaffen hatte. Er würde das wieder zugraben und Ordnung schaffen müssen. Verdammt, hoffentlich kam am Ende nicht doch noch jemand vorbei, bei all dem Lärm, den sie verursachten. Stumm und unsichtbar, wie der Vertrag es vorschrieb, war gewiss etwas anderes. Viktor schaute die Grabreihen entlang, die in einem Nebel verschwanden, der fröstelnd auch an ihm hochkroch. Die Luft war kalt und feucht, und sie schien vom Seufzen alten Holzes durchzogen, vom wissenden Wispern der Bäume. So schade. So schade. Er schauderte, als er sich an die Worte erinnerte. Aber das war nur Tobi gewesen, rief Viktor sich zur Ordnung. Sein Cousin hatte sich schon wieder dem Ackerboden gewidmet. Jetzt packte Viktor Tobi auf einmal wieder, denn der hatte vor Aufregung laut rufend einen festen Batzen Lehm inmitten der losen Erde gefunden und hielt ihn störrisch fest.

Viktor hielt seinen Cousin an den Schultern. »Tobi. Lass. Los.« Der Lehmklumpen gab zuerst nach. Die beiden jungen Männer fielen nach hinten. Jetzt, dachte Viktor, war auch noch seine Hose ruiniert. Er hatte Lust, kräftig zu fluchen, um vielleicht zu erleben, wie der Blitz in die nahe Kapelle einschlug. Sollte doch alles zum Teufel gehen. Da bemerkte er das Blau. Sogar im Mondlicht war die Farbe gut zu erkennen. Neonblau. Darauf ein aufgenähter Schriftzug, den die halbe Welt trug. Nonnen aber sicher nicht. Funktionsjacke nannte man das, was da hervorsah. Das Wort hallte in Viktors Kopf wider, dieses Wort, das so gar nicht passen wollte zu dieser Nacht und dieser Gegend, zu diesem Grab. Dieses Wort gehörte hier nicht her. Genauso wenig wie der Tote, dessen Gesicht sie freilegten, als sie auf die Knie fielen und mit ihren bloßen Händen die restliche Erde beiseitewischten. Es war jung, frisch und männlich und hatte noch die Stöpsel seines iPods in den Ohren.

Einer fiel heraus, als Viktor zitternd die Hand ausstreckte, um dem Jungen den Dreck vom Mund zu wischen. Leise Musik plärrte heraus.

Tobias sah ihn andächtig an.

Viktor ballte die Finger in der Tasche zur Faust, die Finger, mit denen er ihn berührt hatte. Aber das Gefühl ließ sich nicht abstreifen. Er hatte es gespürt. Er spürte es noch immer: Das hier war keiner der Menschen, die sonst auf seinem Tisch lagen. Der Junge war noch warm.

5

»Nicht anfassen, Tobi!« Viktor wusste gar nicht mehr, wie oft er den Satz schon wiederholt hatte. Der Polizeibeamte am anderen Ende der Notruf-Leitung, gefühlt am anderen Ende der Welt, wo es Licht gab, Geräusche, Pausenbrote und Kaffeeduft, hatte ihm aufgetragen, an Ort und Stelle zu warten und keine Spuren zu zerstören.

Warten! Nichts zerstören! Der Mann hatte keine Ahnung von Autisten. Beim ersten Mordopfer, mit dem Tobias und er zu tun gehabt hatten, hatte sein Cousin das Projektil, mit dem der Mann erschossen worden war, in den Mund genommen und abgeleckt. Die zuständige Kommissarin hatte ihm einen Blick zugeworfen, der Bände gesprochen hatte. Insgeheim war Viktor noch immer überzeugt, dass seine Annäherungsversuche bei Kriminalkommissarin Karoline Schneid deshalb von Anfang an zum Scheitern verurteilt gewesen waren. Sie nahm ihn nicht ernst, das war es.

Viktor freute sich nicht auf die Bemerkungen der hiesigen Beamten. Ihr Fränkisch war so breit, wie er sich ihren Horizont schmal vorstellte. Dennoch hoffte er das Beste. In seiner Lage, allein auf einem Friedhof mit einer noch warmen Leiche, war er auf Nachsicht angewiesen.

Die Luft vor Viktors Mund wurde zu weißem Dampf.

Er fror in seinem dünnen Bestatter-Blouson, den er vor der Abfahrt im letzten Moment übergezogen hatte. Die herbstlichen Oktobernächte hielten nicht, was die goldenen Nachmittage versprachen. Beinahe hätte er den Toten um seine dicke Jacke beneidet. Wäre da nicht der entscheidende Umstand gewesen, dass sie ihm nichts mehr nützte.

»Tobi! Nicht! Bleib da!«

Aber sein Cousin war schon forgesprungen. Viktor wandte sich um und erstarrte, als er erkannte, was Tobias angezogen hatte: ein zitternder Lichtstrahl, der über die Gräber tanzte. Er kam näher und tastete den Boden ab, als würde er etwas suchen.

»Hallo?«, rief Viktor. »Sind Sie von der Polizei?« Die hatten doch gesagt, es würde länger dauern.

Er legte die Hand über die Augen das Licht blendete ihn, wenn er versuchte zu erkennen, wer es in der Hand hielt. Mit einem Mal bekam er Angst. Der Junge lag noch nicht lange hier. Wie weit konnte der Mörder schon gekommen sein? War er überhaupt fort gewesen? Er hatte jedenfalls weder einen Motor gehört noch Türenschlagen, und ganz sicher hatte er kein Blaulicht gesehen. Wer da auf sie zuhielt, der kam nicht vom Tor, eher aus dem nahen Wald. Panik stieg in Viktor auf. Seine Beine, die von dem Beinahe-Unfall mit dem Reh und dem Schaufelschlag ohnehin noch ein wenig zittrig waren, fühlten sich immer weicher an. Er fand, er sollte rennen. Und brachte es nicht zustande. Stand da wie angewurzelt, während er sich vor Angst innerlich ganz hohl fühlte, und bewegte sich ums

Verrecken nicht. Es war wie in Träumen, in denen die Furcht einen so schüttelte und presste, dass man schreien wollte. Und doch kam kein Laut aus der Kehle. Nichts als ein paar gurgelnde Laute.

Viktor kannte solche Träume gut. Er hatte sie auf Hawaii geträumt. Und wenn er schweißgebadet aufgewacht war, war er an den Strand gegangen und durch den Sand gerannt, bis er vor Erschöpfung nur noch zusammensinken und auf die schwarzen Wellen des Pazifik unter dem Mond starren konnte.

Manchmal hatte sein Meister ihn dort gefunden. Hatte mit ihm gemeinsam die richtigen Worte geschwiegen.

Das Licht der Lampe senkte sich. Eine fremde Stimme fragte: »Wollen Sie etwas sagen?«

Viktor fasste sich an die Kehle. Jetzt konnte er die Gestalt erkennen, die sich da genähert hatte: Es war ein Mann in einer bodenlangen Kutte. Die Dunkelheit lag wie eine Maske über seinen Augen.

»Wer, wer sind Sie?«, brachte Viktor stotternd hervor.

Die Gestalt lachte leise. Oder bildete er sich das ein? »Ich bin Pater Sebastian, der Vikar«, sagte der Fremde würdevoll.

Vikar? Viktor wusste nicht genau, was das war. Der dunkle Mönch hatte sich die Hand auf die Brust gelegt und schien keine Anstalten zu machen, sie anzugreifen.

Viktor atmete vorsichtig ein. »Ich dachte, das Kloster hier wäre nur Damen vorbehalten«, sagte er. Der rotzige Ton gab ihm Kraft.

Pater Sebastian legte den Kopf schräg. »Außer mir ist noch ein Koadjutor hier, und es gibt Bruder Anselm, der sich um den Garten kümmert. Das ist in allen Frauenklöstern unseres Ordens so.«

»Nicht nett, nett!«, erklang es vom Boden. Der Pater hob die Lampe und leuchtete erst Tobias, dann die halb ausgegrabene Leiche zu seinen Füßen ab. »Die Polizei rief mich an und sagte, hier gäbe es einen Toten aber... warum steht Ihr Kollege denn so dicht neben der Leiche?« Die Stimme Pater Sebastians klang besorgt. »Das ist doch Ihr Kollege, oder? Sie sind doch die Bestatter?«

»Nicht nett!«

»Was sagt Ihr Kollege?«

»Er ist Autist.«

»Also nicht der Bestatter!« Der Vikar wirkte alarmiert. Der Strahl seiner Lampe fuhr herum. Jetzt war es an Viktor, sich die Hand auf die Brust zu legen. »Ich bin der Bestatter«, hob er an, um die ganze Situation und Tobias' Verhalten zu erklären.

»Trotzdem erscheint mir das alles...«, setzte der Vikar an. Langsam trat er näher und leuchtete dem toten Jungen ins Gesicht. Viktor sah die Erdkrümel auf dessen langen Wimpern. »Ich meine, wir sollten jetzt möglichst weit zurücktreten für die Spurensicherung« sagte er steif. Noch einmal legte er Tobi die Hand auf die Schulter und war froh, zu spüren, dass sein Cousin diesmal nachgab und aufstand. Der Mönch allerdings schien ihn nicht gehört zu haben. Wie hypnotisiert stand er da und betrachtete den Toten, dessen Gesicht jetzt genau im Lichtkegel lag. Der Strahl zitterte leicht. Schatten sprangen um Nase und Lippen und konnten einen glauben lassen, der Junge lebe noch. Als würde er gleich die Augen aufreißen, den Mund öffnen für einen keuchenden Atemzug, einen Schrei. Doch alles blieb still.

»Ist Ihnen schon einmal aufgefallen, dass die Lebenden von den Toten magisch angezogen werden?«, fragte Viktor. »Es ist, als würden sie kaum glauben, dass es so was gibt. Als müssten sie es genau sehen, ganz aus der Nähe, als würden sie es am liebsten noch anfassen, beschnuppern, anstupsen. Weil sie es einfach nicht glauben können.«

Der Pater wandte sich ihm zu. »Dass der Mensch sterblich ist?«

Zum ersten Mal schaute Viktor den Neuankömmling genauer an. Pater Sebastian war ein Mann in den Vierzigern, mit einem großknochigen, breit gebauten Gesicht, das eher an einen Naturburschen als an einen Asketen denken ließ. Er trug seine Haare länger, als Viktor es bei einem Mönch erwartet hätte. Es war dichtes, dickes, in der Mitte gescheiteltes Haar, nur einen Tick weniger Grau als der Musketierbart, den der Geistliche ebenfalls trug. Viele kleine Fältchen um seine Augen ließen auf Aufenthalte im Freien schließen. Sie vertieften sich, wenn er lächelte wie jetzt. Er streckte Viktor die Hand hin. »Ich habe Sie noch gar nicht begrüßt.«

Viktor schüttelte lange, knochige Finger. »Sie wussten es schon, was?« erwiderte er.

Pater Sebastian beleuchtete, was von dem Toten zu sehen war, der dort in der dunklen Erde lag, eingemummt in Jacke und Herbstlaub, wie ein Kind. Tatsächlich war er das ja auch beinahe noch. Viktor schätzte den Jungen, der da lag, auf vielleicht siebzehn, achtzehn Jahre. So alt, wie er selbst gewesen war, als er sich nachts aus dem Haus geschlichen hatte, um es für die nächsten zehn Jahre nicht wieder zu betreten. Nicht sein Heim, nicht sein Land, nicht einmal den Kontinent. Die Lage war mehr als einmal brenzlig gewesen auf seiner Odyssee, dachte Viktor. Auch er hätte leicht irgendwo im Nirgendwo in einer Grube enden können. Warum nur war er immer so ein Glückskind?

»Was gewusst? Dass der Mensch sterben muss?«, beantwortete Pater Sebastian seine Frage mit zwei Gegenfragen. »Das kann man nicht *wissen*. Nur erfahren, schätze ich. Und ja, ich habe Erfahrung. Das bleibt in meinem Beruf nicht aus.«

»Stimmt! Ich hatte ganz vergessen, dass Sie ja eben einen Todesfall hatten.« Viktor schlug sich an die Stirn. Er hatte die tote Nonne in der Kapelle bis zu diesem Moment gänzlich vergessen.

»Ist das eigentlich schon erledigt?«, erkundigte Pater Sebastian sich.

Viktor schüttelte den Kopf.

»Wollen wir dann?«, fragte der Pater.

»Und die Spurensicherung?« Viktor brachte den Einwand nur halbherzig vor. Er war dankbar für ein bisschen Aktivität, dankbar für menschliche Nähe.

»Die ist vielleicht sogar froh, wenn sie sich auf das Wesentliche konzentrieren kann«, unterbrach Sebastian Viktors Gedanken. »Wir alle wären froh, wenn wir Schwester Angelika sicher unter der Erde wüssten. Und ihr Ableben hat mit diesem bedauerlichen Schicksal hier sicher nichts zu tun.«

Viktor hob eine Braue.

Der Vikar lächelte undurchsichtig.

Viktor kratzte sich am Kopf. »Sicher besser als rumzustehen«, meinte er dann.

Also gingen sie es an. Froh um die Hilfe trug Viktor gemeinsam mit dem Pater den Sarg mit der Toten zum vorbereiteten Grab. Sie verschraubten den Deckel und versenkten mit Hilfe der vom Gärtner ebenfalls bereitgelegten beiden Seile den Sarg. Schwer atmend traten sie schließlich zurück.

»Mit dem Rest kommen wir alleine klar, danke. Tobi!« Das letzte Wort rief Viktor.

Pater Sebastian kniete noch kurz vor der fertigen Stätte. Er nahm einen Batzen Erde und warf ihn auf den Sarg. Dumpf schlug der Klumpen auf. Dann erhob der Pater sich und schlug ein Kreuzzeichen vor seiner Brust. Es mochte eine Täuschung sein, aber seine Augen wirkten feucht.

Tobias ging zu ihm hinüber und hakte sich bei ihm ein. Der Pater nahm seinen Arm mit festem Griff, als hätte er sein Lebtag nichts anderes getan. Tobias protestierte nicht.

Viktor betrachtete sie beide: den Jungen und den Mann, der eine in Jeans und buntem Shirt, dürr bis zum Verschwinden, der andere in seinem weiten Gewand, groß, breit und raumeinnehmend. Wie ein Engel, kam es Viktor in dem Sinn. Aber ein düsterer. Ein Engel der Toten in schwarzem Gewand.

»Es ist wirklich erstaunlich, wie du es schaffst, dich in jeder Situation deinen Schuldgefühlen hinzugeben, Tante Hedwig.«

Hedwig Anders schaute schuldbewusst auf zu Miriam, die mit der zweiten Flasche Prosecco vor ihr stand. Sie bewunderte ihre junge Freundin, ihren Schwung, die Energie in ihren dunklen Augen, die immer ein wenig staunend aussahen, der breite Mund lachbereit, die ganze Miriam so lebendig, wenn sie durch ihr kleines Caféhaus fegte und mit den Kunden scherzte. Sie selbst fühlte sich eher elend.

Es war nicht der Alkohol, der ihr im Magen lag. Es war diese Geschichte. Die sie mit sich herumgeschleppt hatte, wohl wissend, dass sie ein Geheimnis war und bleiben musste. So vieles hing davon ab, ihr ganzes schön gewohntes Leben. Und trotzdem hatte sie den Mund nicht gehalten.

»Ist doch klar, dass du über so etwas reden musst.« Miriam wollte einschenken.

Hedwig hielt die Hand über ihr Glas. »Ich sollte wirklich ...«

»Jetzt fassen wir das alles mal zusammen.« Miriam setzte sich Hedwig gegenüber. »Dein Mann hat dich geheiratet, obwohl er eine andere liebte: deine beste Freundin Elisabeth.«

»Die aber lieber seinen Bruder heiratete.« Hedwig nickte.

»Nämlich Otto«, ergänzte Miriam. »Und weil ihr vier schon so harmonisch miteinander verbunden wart, Otto mit seiner Elisabeth, Wolfgang und du, da habt ihr gemeinsam ein Unternehmen aufgemacht und seid zusammengezogen.«

»Wenn du es so formulierst, klingt es irgendwie...«

»...bescheuert?«, unterbrach Miriam sie. »Entschuldige, ich wollte nicht schnippisch sein.«

Hedwig tätschelte ihre Hand. »Nein, nein, was ich meine, ist: Wir haben damals ja kein Wort darüber verloren. Es wurde nie angesprochen, verstehst du? Dadurch war es in gewisser Weise, als wäre alles gut. Das war eine andere Zeit.«

Miriam schüttelte den Kopf. Sie konnte es nicht glauben. Es gab einiges, was sie dazu hätte sagen wollen. Im Grunde war das ganze Experiment menschlich und moralisch weit gewagter als jeder sexuell befreite Ashram. Ein Irrsinn. Ein Atombombentestgelände. Die Kommune 1 war ein Dreck gegen das Bestattungsinstitut Anders & Anders, Uschi Obermaier hin oder her... Sie fragte weiter: »Und dass dein Wolfgang gleich nach eurer Heirat mit Elisabeth, die nunmehr seine Schwägerin war, das frühere Verhältnis fortführte, darüber wurde dann auch nie gesprochen, richtig?«

»Ich kann nicht für Elisa und Otto sprechen. Aber was uns angeht: Nein.« Hedwig hielt inne. »Ich hab es ja gar nicht gewusst, zuerst. Erst als dann Tobi geboren wurde und wir so gar nicht mehr... Wolfgang und ich. Und da dachte ich: Das ist jetzt, weil er enttäuscht ist über das behinderte Kind, weißt du? Ich dachte, er hat es bereut, sich für mich entschieden zu haben, und es noch einmal mit Elisabeth versuchen wollen.«

»Dabei hatten sie die ganze Zeit schon was miteinander.« Miriam klopfte dazu mit der Faust auf den Tisch. »Und du hattest noch Schuldgefühle wegen deines autistischen Kindes. Und das meine ich, Hedwig. Genau das.«

Hedwig nahm einen Schluck. »So einfach war es wohl auch nicht zwischen den beiden. Sie haben nicht einfach die ganze Zeit alle betrogen. Sie wollten auch nicht... ach.« Hedwig seufzte. Das hörte sich alles unglaublich verworren und falsch an. Wie konnte das sein? Sie hatte immer gedacht, sie führte ein schlichtes Leben: Hausfrau, Mutter, durch Tobias' Krankheit und den Betrieb stark ans Haus gebunden. Ihr Alltag war denkbar gleichförmig. Wann hatte ihr Leben nur begonnen, so furchtbar kompliziert zu werden?

»Was seufzt du jetzt?«, erkundigte Miriam sich. Sie hatte sich auf ihrem Sofa mit der indischen Decke zurückgelehnt und streichelte gedankenverloren eine ihrer Topfpflanzen.

»Ach, ich dachte nur gerade daran, dass ich immer glaubte, mein Leben wäre erst mit Tobias schwer geworden. Dabei war der ganze Mist schon vorher passiert. Man gibt dem Jungen so schnell die Schuld an allem.«

»Stopp!« Miriam ließ den Ficus los und hob die Hand wie ein Schutzmann. »Nicht das nächste Schuldgefühl, bitte!«

Hedwig bemühte sich um ein Lächeln.

Aber Miriam war nicht zu bremsen. Sie wollte die Sache ein für alle Mal klarstellen. Es ging doch nicht an, dass Hedwig immer für alles Verständnis hatte und sich am Ende noch für verantwortlich hielt. So etwas war vielleicht gut fürs Karma. Aber ganz gewiss nicht für die Magenschleimhäute. »Also noch einmal: Erstens, dein Mann geht ein Leben lang fremd. Zweitens, mit der Frau seines Bruders. Was zur Folge hat, dass drittens, seine Neffen und Nichten vielleicht gar nicht seine Neffen und Nichten sind, sondern seine leiblichen Kinder. Und wir sprechen hier von Viktor und von Hannah, seiner toten Schwester.«

Hedwig brachte nicht einmal ein Nicken zustande. Das war er, der Punkt, der ihr seit Wochen solche Magenschmerzen bereitete.

Miriam fuhr fort: »Jedenfalls war das der Verdacht eurer Nichte Hannah. Wie sie darauf kam, wissen wir nicht. Aber sie ließ – und jetzt kommen wir zu viertens – ein Abstammungsgutachten für sich und ihren Bruder Viktor erstellen.« Jetzt musste auch Miriam eine Pause machen. Sie nahm einen Schluck Prosecco, der ihr nicht schmeckte. »Fünftens...«

»Nicht«, bat Hedwig.

»Fünftens«, fuhr Miriam gnadenlos fort, »brachte sie sich, als sie das Gutachten schließlich in Händen hielt, um.«

»Aber wir wissen doch gar nicht, ob es deshalb war.« Hedwig klang flehend. »Hannah selber *war* doch Ottos leibliches Kind. Das *stand* doch in dem Gutachten. Deshalb hatte sie doch gar keinen Grund, sich etwas anzutun.«

»Aber ihr Bruder war es nicht«, stellte Miriam fest.

»Das stimmt«, gab Hedwig zu. »Aber ...«

»Wollen wir es aussprechen?« Miriam neigte bedeutungsvoll den Kopf.

Hedwig schaute unsicher. »Aber ... also ... das habe ich doch schon. Ich habe es dir gesagt.«

»Nein, hast du nicht. Du hast mir das hier in die Hand gedrückt.« Miriam langte über den Tisch zu dem Dokument, das Hedwig mitgebracht und das sie beide jeweils drei- oder viermal gründlich studiert hatten. Es hatte Knicke von nervösem Falten und jetzt auch noch Proseccoflecken. Am Inhalt hatte das nichts geändert.

»Hedwig«, drängte Miriam. Sie überlegte, dann nahm sie die Hand der korpulenten älteren Dame, die ihr samt Kittelschürze und Dauerwelle so unerwartet ans Herz gewachsen war. »All die Jahre habt ihr nicht geredet. Und was ist dabei herausgekommen?«

Hedwig starrte auf das Papier. »Viktor«, begann sie.

Ermutigend drückte Miriam ihre Hand.

»Viktor ist nicht Wolfgangs Neffe. Er ist sein Sohn.« Als es heraus war, schossen ihr die Tränen in die Augen. Sie ließ Miriam los und wischte sich übers Gesicht, schnaubte und schniefte. »Und weißt du was«, fuhr sie fort. »Weißt du, was ich als Erstes gedacht habe, als ich das las?« Sie kramte nach einem Taschentuch und trompetete hinein. »Ich dachte: Wie kann das sein? Mit dieser schrecklichen Frisur, dieser Hippie. Wie kann das unser Sohn sein?« Sie schüttelte den Kopf.

Miriam musste lachen. »Na und, es ist doch was dran, oder?«

Hedwig trompetete noch einmal, dann lachte sie auch. »Dieses unmögliche Kind, sprunghaft, unzuverlässig ...«

»Ein Hirtenknabe!« Jetzt lachten sie beide. Miriam fing sich als Erste. »Seinen Charme hat er ganz sicher nicht von Wolfgang.«

»Da sagst du was Wahres. Und die Intelligenz auch nicht.« Erschrocken hielt Hedwig inne, als ihr klar wurde, was ihr da gerade rausgerutscht war.

Wieder hob Miriam die Hand. »Na«, ermahnte sie, »was haben wir gesagt? Keine Schuldgefühle mehr.«

Hedwigs Handy klingelte, wie schon oft in den letzten Stunden. Sie hatte es, von ihrer Gastgeberin angefeuert, schuldbewusst ignoriert. Jetzt kontrollierte sie das Display, ehe Miriam Einspruch erheben konnte. »Wenn man vom Teufel spricht. Ja, Wolfgang?«

Miriam hob die Hand vor den Mund und unterdrückte ein Kichern.

»Dann schick doch Viktor«, sagte Hedwig, nachdem sie gelauscht hatte. »*Deinen Neffen.*«

Miriam biss sich auf den Daumen.

»Was sagst du, Trubenbronn? Dann liegt das doch ohnehin auf seinem Heimweg. Von dort kommt der Wagen ja leer zurück.« Routinemäßig schob sie ein: »Geht es Tobi gut? Was? Er hat ihn dabei? Es ist zwei Uhr morgens!«

»Drei«, warf Miriam flüsternd ein.

Hedwig fluchte leise. »Dass sich wirklich keiner von euch daran hält, wie man mit Tobi umgehen muss. Woher habt ihr das nur? Sturschädel. Und ich muss es dann wieder ausbaden.«

Miriam zeigte den Daumen nach oben.

»Wie? Ja, ja, ruf ihn an. Ich? Nein, ich brauche noch ein wenig. Geh nur schon schlafen. Ja, ja. Dir auch eine gute Nacht.«

Hedwig legte auf und starrte vor sich hin.

»Bravo, Hedwig, das war der richtige Geist.« Miriam war noch immer ausgelassen.

Hedwig blieb nachdenklich. Sie schaute Miriam mit großen Augen an. »Mein Gott, ob ich es Viktor sagen muss?«

7

Hauptkommissarin Karoline Schneid stand am Rand der B2 und starrte auf den ausgebrannten Wagen. Die Feuerwehr hatte ihre Arbeit getan, das Wrack war mit Schaum bedeckt, doch es qualmte noch immer. Der Chemikaliengestank schaffte es nicht ganz, den Geruch nach verbranntem Fleisch zu verdecken.

»Wird schwer werden, den da rauszuholen«, sagte ihr Kollege von der Sicherheitspolizei. Er bot ihr einen Kaugummi an. Sie schüttelte den Kopf. Minze machte die Sache auch nicht besser. »Aber der Arzt sagt, den Oberkörper hat's nur oberflächlich erwischt. Keine Anzeichen für ein Fremdverschulden übrigens.«

Karoline Schneid nickte abwesend. Jetzt eine Modafinil, dachte sie. Mit ein, zwei Gin, das wäre das richtige. Oder Ritalin, dazu ganz wenig Koks geschnupft. Dann würde ihr Beruf ihr wenigstens wieder Spaß machen. Aber das ging nicht, sie wusste es. Sie war auf Bewährung und würde fliegen ohne Vorwarnung, wenn man sie auch nur mit einer Prise Traubenzucker erwischte. Dass sie trotz ihres Tablettenmissbrauchs überhaupt weiter im Amt war, hatte sie nur dem Zufall zu verdanken, zur selben Zeit, als sie aufflog, auch einen der kreativsten Serienkiller der Nachkriegszeit dingfest gemacht zu haben. Sie war die Heldin, die die Floristinnenmorde beendet hatte. Ihr Kommissariat hatte daraufhin beschlossen, über alles hinwegzusehen und den Hype in den Medien mit ihr gemeinsam zu genießen. Aber man behielt sie im Auge, Karoline wusste das. Und es war definitiv kein Zufall, dass sie es war, die man morgens um drei zu einer Unfallstelle rief, an der wenig bis gar nichts für ein Tötungsdelikt sprach, »nur so zur Sicherheit«. Sie hatte die Stimme ihres Chefs noch im Ohr, die aus dem Hörer drang.

»Gib mir doch einen«, sagte sie und streckte die Hand aus. Wenigstens *schmeckte* Kaugummi nach Medizin. Sie kaute. »Was meinst du, Unfall also?«

»So sagt es der Zeuge.« Der Polizist wies auf einen Mann, der mit verschränkten Armen fröstelnd an seiner Motorhaube lehnte. Sie sah ihn nur im Halbprofil. Gerade fuhr er sich übers Gesicht und verwischte die Rußspuren noch stärker, die es verschmierten. Er hob die Hand, um einen der Beamten auf sich aufmerksam zu machen. »Wie lange dauert es denn noch?«, hörte man ihn rufen.

»Ja, ja«, murmelte Karoline Schneid, während sie der aufziehenden Morgenröte einen kurzen Blick gönnte. Sie gähnte. »Wir wollen alle heim nach Kansas.« Sie straffte sich gerade, um für die Befragung hinüberzugehen, als mit überhöhter Geschwindigkeit ein Leichenwagen heranbretterte und schräg vor ihr auf dem versengten Grün des Randstreifens zu stehen kam. Karoline Schneid verschränkte erwartungsvoll die Arme.

Viktor Anders stieg aus. Sie erkannte ihn sofort: die schlaksige Figur, die springenden Locken, die ihn immer ein wenig wie einen Rasta-Surfer aussehen ließen, der sein Brett verloren hatte. Die lässigen Bewegungen. Man sah ihm an, dass er in den USA gelebt hatte, ach was, überall auf der Welt, wenn man seinen wilden Geschichten glaubte. Einer, der sich durchschlug mit einem Lächeln und nichts zurückließ als gebrochene Herzen. Niemals ernst, nie ganz erwachsen geworden. Das Letzte, was sie gebrauchen konnte. Sie konnte seine Hitze noch überall auf ihrer Haut spüren, seine Hände in ihren Haaren, seinen Duft.

Warum nur, dachte sie, warum, warum? Wie konnte ich so blöd sein, mit ihm im Bett zu landen? Obwohl doch jeder weiß, dass nirgendwo der Spruch »Einmal ist keinmal« weniger gilt als auf dem Gebiet erotischer Verwirrungen. Warum darf ich nicht einfach meine Waffe ziehen, ihn verhaften und in einer dunklen Zelle verrotten lassen? Wieso geht das nicht?

»Selber«, sagte Viktor, der jeden ihrer Gedanken in ihrem Gesicht lesen konnte. Und als er ihren verdutzten Ausdruck sah, fügte er hinzu: »Du hast auch nicht mehr angerufen. Genau genommen, hast sogar nur *du* niemals angerufen.«

»Guten Abend, Herr Anders«, sagte sie nach einer Pause und ordnete ihre Gesichtszüge.

Er stutzte kurz, dann grinste er. Nickte. Drehte sich zum Wagen, um seine Ausrüstung zu holen. »Rein beruflich also. Na gut. Wo ist der Tote?«

Sie machte ein, zwei Schritte, um ihm nachzugehen. Dann blieb sie stehen. »Ich hatte Ihren Onkel erwartet.«

»Das sagen nicht viele Frauen zu mir.« Viktor öffnete die hintere Wagentür, um den Schutzanzug herauszuholen. »Der hatte heute schon seine Dosis.« Er hielt inne, um nach Handschuhen zu wühlen. Latex ging zur Neige. Er zog trotzdem zwei übereinander an. Lektion von Onkel Wolfgang. Zwei waren sicherer als einer. Wenn man mit der Leiche fertig war, konnte man das erste Paar ausziehen und war immer noch geschützt, wenn man mit dem sauberen zweiten Paar die Gerätschaften wegräumte. Geduldig zupfte er die Fingerhüllen zurecht. Dann fuhr er fort: »In letzter Zeit wird er weich.« Er wandte sich um. Seine Miene besagte: Das kann Ihnen nicht passieren.

Karoline Schneid staunte kurz darüber, dass ein Gesichtsausdruck siezen konnte. Aber war es nicht das, was sie wollte: perfekte Distanz? Sie strich sich über die makellos zum Pferdeschwanz zurückgebundenen blonden Haare.

»Und ich war eh in der Nähe«, fuhr er fort und hievte etwas aus dem Wagen, das wie ein Werkzeugkasten aussah. Karoline spähte ihm über die Schulter. »Haben Sie etwa schon einen Toten im Wagen?«, fragte sie, als sie Umrisse auf der Ladefläche sah.

Viktor schlüpfte in den Schutzanzug und zuckte mit den Achseln. »Das ist Tobi, er schläft. Ich hab ihm sein Medikament gegeben. Wir haben echt 'ne Menge hinter uns.«

»Beneidenswert«, murmelte Karoline Schneid mit Blick

auf den tief schlafenden Jungen. Was er wohl nahm? Tavor? Dipamperon? Sie spürte eine leise Sehnsucht.

»Im Ernst, Sie glauben nicht, was wir erlebt haben, Frau Kommissarin.« Viktors Gesicht wurde lebhafter, sein Blick leuchtender.

Karoline zuckte zusammen. Wollte er damit auf das anspielen, was sie beide miteinander erlebt hatten? Diese eine, verrückte Nacht, die ihr unterlaufen war, weil sie ein bisschen neben der Spur gewesen war? »Wir haben gar nichts miteinander erlebt«, entfuhr es ihr. »Ich dachte damals, meine Schwester stirbt.« Sie biss sich auf die Lippe, kaum dass die Worte heraus waren.

Viktor, der ihr gerade von Trubenbronn hatte erzählen wollen, stutzte. Dann begriff er. Seine Züge wurden wieder hart. »Ach, und um mit mir vögeln zu wollen, muss schon jemand gestorben sein, oder wie? Ist es das?«

Sie schwieg.

Er schimpfte weiter. »Da hat jemand das Wort Bestatter aber ziemlich falsch verstanden. Sehr falsch.« Mit einer energischen Geste setzte er die Kapuze auf und zog die Kordel zu. Sein braungebranntes Gesicht ohne die Haare sah nackt und fremd aus. Zum ersten Mal wirkte er so alt, wie er war. Neunundzwanzig, beinahe erwachsen. Im Grunde ein Mann.

Sie stemmte die Hände in die die Hüften.

»Also, wie ist das, kann ich jetzt endlich gehen?« Es war der Zeuge mit dem verschmierten Gesicht und der Gänsehaut auf den Armen, der das fragte. Er war zu ihnen herübergestapft und rieb sich die Hände, während er von einem zum anderen sah. »Ich meine, ich hab doch meine Zeugenaussage gemacht. Und meine Frau wartet sicher schon...« Auf einmal stutzte er. Und verstummte. »Ich«, stammelte er, »ich...«

»Hallo, Friedhelm«, sagte Viktor katzenfreundlich.

Karoline Schneid betrachtete den Mann näher, den sie bislang kaum beachtet hatte. »Aber natürlich«, entfuhr es ihr. »Herr Kemp. Tobias' Logopäde, von dem man solche Wunderdinge hört!«

»Ja«, fügte Viktor bissig hinzu, »und Miriams neuer Freund. Noch ein Wunder.«

»Ah.« Jetzt war es an Karoline zu lächeln. Sie wusste sehr wohl, dass Miriam ihre Vorgängerin in Viktors Bett gewesen war. »Läufst du ihr deswegen jetzt wieder nach?«

Viktor überging Karolines Bemerkung. Eine andere Sache interessierte ihn viel mehr. »Wie war das eben?«, fragte er und wandte sich an den ungeduldig von einem Bein auf den anderen tretenden Logopäden. »Von wegen der wartenden Frau?«

Friedhelm Kemp starrte ihn an und blinzelte. Dann hob er die Hände. »Eine Floskel«, sagte er. »Nur eine dumme Ausrede. Ihr würdet doch auch alles sagen, um endlich hier wegzukommen. Frau in den Wehen, weinende Kinder. Die Oma stirbt.« Er wies mit der Hand auf die Szenerie, das Wrack mit dem Toten, den fauchenden Verkehr, die hupende Lichterkette, wo es sich auf der Unfallspur staute, den Müll zu ihren Füßen, der langsam im Morgenlicht sichtbar wurde. Dann verschränkte er die Arme. »Was ist nun?«, setzte er nach, als Karoline und Viktor ihn anschauten. Viktor ließ die Gummis seiner Atemmaske schnalzen, als er sie aufsetzte. »Was?!«

Während des Frühstücks im Hause Anders wenige Stunden später war man ziemlich übelgelaunt. Es war beinahe Mittag. Trotzdem hatte keiner der Anwesenden mehr als drei Stunden geschlafen. Am besten hatte es noch Wolfgang getroffen. Zuerst hatte er zwar versucht, wach zu bleiben, um seine Frau für das lange Ausbleiben zu strafen. Übermüdet und erschöpft hatte er sie begrüßen wollen. Sollte sie ruhig sehen, dass er nicht zur Ruhe kam, wenn sie sich herumtrieb. Gegen seinen Willen war er dann aber doch eingenickt und hatte von verkohlten Kindern geträumt, die ihn die Autobahn entlangjagten.

Hedwig ihrerseits hatte darauf bestanden, dass man Tobias nicht weckte, sondern ungestört im Wagen ließ, was zur Folge hatte, dass sie, statt selbst zu schlafen alle halbe Stunde in die Garage gelaufen war, um zu sehen, ob er auch nicht aufwachte und über die ungewohnte Umgebung erschrak.

Viktor selbst war noch feucht von der langen Dusche, die er genommen hatte, um den Geruch nach Verbranntem loszuwerden. Das, was er unten ins Kühlfach geschoben hatte, konnte kaum mehr ein Leichnam genannt werden. Und seine Gedanken kreisten darum, dass bitte keine

Angehörigen kommen sollten, die sich am offenen Sarg zu verabschieden wünschten und erwarteten, dass er das irgendwie möglich machte. »In den USA machen sie es doch auch«, pflegten die Leute neuerdings zu sagen. »Wie schlafend sehen sie dort aus. Schön wie die Engel. Egal, was mit ihnen passiert ist.« Die Menschen schauten die falschen Fernsehserien, dachte Viktor. Im richtigen Leben gab es keine Bestatter, die aus einem tiefgefrorenen Truthahn einen Fuß schnitzten, um fehlende Gliedmaßen des Toten zu ersetzen. Im vorliegenden Fall würde im Übrigen auch Schnitzarbeit kaum helfen.

»Wie geht es Tobias?«, fragte sein Onkel, der ein Salamibrot mit Messer und Gabel schnitt. Sehr korrekte, gerade Schnitte.

»Er ist in der Schule«, erwiderte Hedwig. »Kein bisschen müde, stell dir vor. Dieses Kind braucht einfach keinen Schlaf.«

»Na, das wissen wir ja.« Wolfgang steckte sein Brotviereck in den Mund und kaute.

»Wolfgang! Bitte!«

Er hob abwehrend Augenbrauen und Besteck. Dann, als er fertig gekaut hatte, wandte er sich demonstrativ an Viktor. »Und, was steht heute im Geschäft an?«

Viktor antwortete brav: »Frau Müller bringe ich auf den Westfriedhof. Die Beerdigung ist für drei Uhr angesetzt. Der Pfarrer weiß Bescheid. Die Musik bringt ihr Mann mit, vom Band. Er hat sich ›Sex Bomb‹ gewünscht. Seine Frau liebte den Song, sagt er.«

»Des Menschen Wille.« Onkel Wolfgang schnitt das nächste Viereck zurecht.

»Und im Fall Siebenschritt sind wir vorangekommen. Seine Frau war da. Sie will eine Körperbestattung, mit Musik von Grieg, blassgelben Blumen und einem Weinausschank. Das könnte schwierig werden.«

»Ach was.« Onkel Wolfgang kaute schneller. »Ich rede mit den Benediktinern. Die haben ihre eigene Kelterei und schenken ihren Wein sehr gerne aus. Es muss ja nicht *in* der Klosterkirche sein. Apropos Kloster, mein Junge, wie war's in Trubenbronn?«

»Ganz normal«, sagte Viktor schnell und hielt Hedwig seine Kaffeetasse hin. »Soweit man das normal nennen kann da. Ziemlich *gothic*, wenn du mich fragst.«

Hedwig warf ihm einen vorwurfsvollen Blick zu. Ganz hatte sie ihm noch nicht verziehen, dass er Tobias mit dorthin geschleppt hatte. Aber was hätte er stattdessen tun sollen?

»Auch keine Probleme mit Tobi?«, fragte sein Onkel.

»Tobias war eine große Hilfe«, bestätigte Viktor. Rasch verstummte er wieder. Er hatte nicht vor, seinem Onkel von irgendwelchen Komplikationen zu erzählen, schon gar nicht von solchen, die ihn im Grunde ja nichts angingen, wie Leichen im ländlichen Oberfranken. Nur, weil er sie zufällig ausgegraben hatte. Onkel Wolfgang hatte sich genug über seine Bestrebungen als Detektiv lustig gemacht. Man musste wissen, wann man mal eine Leiche auslassen musste. »Er hat sogar mitgegraben.«

Hedwig belohnte ihn mit einem Lächeln. Wolfgang hatte kaum »Wer hätte das gedacht« gesagt, als ihre flache Hand auch schon auf den Tisch krachte. »Kannst du das bitte endlich lassen?«

Er hob die Hände, das Gesicht ganz Unschuld. »Was lassen?«

»Na, dieses Gestichel.« Hedwig lief rot an. »Immer hackst du auf Tobi rum.«

»Das ist kein Gestichel. Es ist nur die Wahrheit.« Onkel Wolfgang tupfte sich seelenruhig mit der Serviette den Mund ab. »Oder kannst du mir eine Gelegenheit nennen, bei der der Junge jemals hilfreich war?«

Hedwig starrte ihn an.

»Was?!«

Sie schüttelte den Kopf. »Ich wünschte«, sagte sie nach einer Weile. Und sie sprach langsam, vor mühsam unterdrückter Wut, »du könntest mir eine Gelegenheit nennen, bei der *du* mir jemals eine Hilfe warst, in den letzten zwanzig Jahren. Eine wirkliche Hilfe, meine ich.«

Viktor hätte beinahe seine Kaffeetasse fallen gelassen. Er schaute von einem zum anderen.

»Iiiich?«, begann Wolfgang ungläubig. Er wollte schon zu einer Tirade ansetzen. Dann wurde er plötzlich rot. Sein Gesicht schnappte zu wie ein Schloss. »Ach so«, sagte er. »So ist das.« Sie schwiegen eine Weile. »Das ist nicht christlich, Hedwig.«

Sie verzog keine Miene. »Wenn du dich meinst, hast du recht.«

»Also, bevor wir jetzt extrem werden«, setzte Viktor an. »Ich bin sicher, dass wir das wieder hinkriegen und...«

Niemand antwortete ihm. Seine Tante starrte ihren Mann an. Wolfgang starrte auf seine Hand, die die Serviette planvoll zerknüllte.

»Wie lange, Hedwig?« Wolfgangs Stimme vibrierte. »Wie lange hast du vor, mich dafür zu strafen?«

Viktor stellte die Tasse geräuschvoll ab. »Kann mir mal jemand sagen, worum es hier geht?«

Hedwig neigte den Kopf schräg. »Ich weiß nicht, Wolfgang. Wie lange hältst du denn für angemessen? Zwei Tage, drei?«

»Hedwig, versündige dich nicht!« Wolfgang schmiss die Serviette weg. Sie prallte laut- und wirkungslos gegen das Küchenbuffet.

»Ha!«, rief seine Frau.

»Aber es stört euch nicht, wenn ich hier frühstücke, oder?«, fragte Viktor, der sich bei dem Ausruf seiner Tante unwillkürlich geduckt hatte.

Es klingelte an der Tür. Den sich anschließenden Wettbewerb im Starren verlor Hedwig. Ein plötzliches Schuldgefühl dem unschuldig vor der Tür Wartenden gegenüber ließ sie aufstehen. Sie kam alleine wieder herein. »Viktor, draußen steht ein Mädchen.«

Onkel Wolfgang, der froh war, nicht mehr im Fokus zu stehen, lachte künstlich. Gönnerhaft klopfte er Viktor auf die Schulter. »Mein Neffe wieder einmal. Der alte Schwerenöter.«

Als er den Blick seiner Frau sah, bekam er einen Hustenanfall.

Hedwig wandte sich ihrem Neffen zu. »Sie sagt, sie sei die Freundin des toten Jungen, den du gestern auf dem Klosterfriedhof gefunden hast.«

9

Karoline Schneid legte die Akte auf den Tisch. Viel war es nicht, was ihr da auf den Schreibtisch geflattert war. Clemens Weidner, seit vier Tagen achtzehn Jahre alt, seinem Ausweis nach zu urteilen, den er in seiner Brieftasche bei sich getragen hatte. Er wohnte in Flensburg bei seiner Mutter, die nicht zu erreichen war. Des Weiteren befanden sich in der Börse seine Krankenkarte, die Karte für ein Girokonto, so frisch wie seine Volljährigkeit, fünfhundert Euro in bar, was eine ganze Menge Geld war, das Foto eines jungen Mädchens, auf dessen Rückseite jemand, vermutlich das Mädchen selbst, in runder, kindlicher Handschrift notiert hatte: »Im Notfall bei mir melden« sowie eine Telefonnummer, ein Herz und ein Smiley.

Und, neben diversen Rechnungen, die Visitenkarte eines Hostels in Nürnberg.

Karoline kannte das Etablissement, es lag in Bahnhofsnähe, und der Portier hatte inzwischen bereits bestätigt, dass Clemens Weidner dort vor drei Tagen eingecheckt hatte. Jetzt lag der Junge in der Gerichtsmedizin. Der vorläufige Obduktionsbericht – eine flüchtige Betrachtung, die der neue Pathologe ihr großzügigerweise rasch hatte zukommen lassen – besagte, dass er durch einen einzigen, gezielten Schlag seitlich gegen den Schädel gestorben war. »Da hat jemand kurzen Prozess gemacht«, so der Pathologe. »Entweder mit viel Sachverstand oder mit kalter Wut.«

Oder mit beidem, dachte Karoline, die gerade selber sehr viel professionellen Unmut spürte. Der Junge hatte tief im Wald auf einem Klosterfriedhof gelegen. Es war nicht fair, dass sie ihn auf den Tisch bekam, bloß weil er in Nürnberg ein Quartier gemietet hatte. Und weil die Kollegen im Fränkischen, wie ihr Chef es formulierte, »mit so einer Sache doch eh völlig überfordert« waren. »Und Ihr Toter von der B2 war ja nun wohl selbst schuld an seinem Schicksal, oder?«, setzte er hinzu, kaum als Frage getarnt. »Da haben Sie ja wieder Zeit.«

»Sicher«, erwiderte Karoline. »Der Tag ist ja noch jung.«

»Nehmen Sie sich einen Kaffee!« Ihr Chef war ganz Schwung und Jovialität. »Wir haben einen neuen Automaten. Biologisch und fair gehandelt, ganz was Feines.«

»Danke«, sagte Karoline und stand auf. »Fair ist toll.«

Tatsächlich war ihr die Gesellschaft des Gutmenschenkaffees in diesem Moment lieber als jede andere. Sie drückte ›Moccachino‹ und sog das Aroma ein, das sich langsam ausbreitete. Wider Erwarten duftete es köstlich, und es schmeckte wie nichts, was sie bisher getrunken hatte: samtig, schokoladig, voll milden Aromas. Offenbar dachten auch die Gutmenschen nicht unbedingt zuletzt an sich selbst. Das hier war ganz was Feines, da hatte ihr Chef recht, ausnahmsweise. Ich könnte ihn manchmal ermorden, dachte Karoline. Aber sie dachte es milde.

Sie ging zurück zu ihrem Schreibtisch und fuhr über das Häufchen Plastikhüllen, in denen die wenigen Besitztümer eingetütet waren, die der tote Junge außer der Brieftasche bei sich gehabt hatte: der teure iPod, ein Billigkugelschreiber, eine silberne Kette mit Anhänger, das Ladegerät für ein Handy. Das Mobiltelefon selbst fehlte. Sie machte sich eine Notiz, dass die Suchmannschaft rund um das Kloster die Augen danach offen halten sollte. Alles konnte wichtig sein.

Laut Angaben der Spurensicherung hatte Sebastian die Kette getragen. Schneid nahm einen weiteren Schluck und hob das Ding hoch: ein Ginkgoblatt, wie es aussah echt Silber. So etwas trugen doch nur Mädchen. Gab es das nicht in Esoterikläden? Oder im Fair Trade? Irgendwie war das doch auch so ein Gutmenschending wie ihr Kaffee. Passte zu einem Softienamen wie Clemens. Aber so gut konnte kein Mann sein, überlegte sie. Nein, da musste es eine Frau geben. Sie griff nach dem Passbild und betrachtete das Mädchen. Hübsch war sie, aber nicht auf die heute übliche, zurechtgemachte Art. Die dunklen Augen waren ungeschminkt. Sie hatte teilweise hennarot gefärbte Dreadlocks, trug eine viel zu große Army-Jacke und ein tischtuchgroßes buntes Tuch um den Hals. Sie lächelte mit einem Pippi-Langstrumpf-Mund, neben dem ein auffallendes Muttermal saß. Verhuscht oder verschmitzt? Die Kommissarin konnte sich nicht recht entscheiden. Nachdenklich wendete Karoline das Bild. Nein, einen Namen hatte die Kleine nicht dazugeschrieben.

»Im Notfall«, na, der war jetzt wohl eingetreten. Sie wählte die Nummer.

10

Julia schaute auf das Display, schüttelte ihre Dreadlocks und drückte die Nummer weg. »Bestimmt nur wieder die Polizei«, sagte sie. »Die versuchen es schon den ganzen Tag.«

Viktor, der immer noch nicht wusste, wie er mit ihrer Anwesenheit umgehen sollte, sagte: »Du solltest mit der Polizei reden.«

»Echt?«, kam es gedehnt zurück. Julia war ganz damit beschäftigt, seine Wohnung zu inspizieren und einzuschätzen. Viel gab es nicht zu sehen. Das Wohnzimmer war leer bis auf ein Sofa, einen Flachbildfernseher, der auf dem Boden stand, einen altmodischen Plattenspieler und einige Kerzen. Unter dem Sofa schaute der Hals einer leeren Weinflasche hervor, aus der es aufs Parkett getropft hatte.

»Ja, das hat sich bewährt, gerade bei Mord und solchen Sachen.« Er erwiderte ihren Blick.

Da brach sie in Tränen aus, und er murmelte erschrocken: »Tschuldigung.«

Das Du war ganz selbstverständlich zwischen ihnen aufgekommen und blieb. Julia hatte seinen Namen von der Polizei in Unterfranken erfahren, die schon vor Karoline Schneid ihr Foto mit der Nummer gefunden und bei ihr angerufen hatte. Doch als sie zugab, keine Verwandte zu sein, hatte man ihr keine weiteren Auskünfte geben wollen. Sie wurde an die Nürnberger Mordkommission verwiesen. Irgendein Scherzkeks auf der Dienststelle gab ihr dann auch noch Viktors Namen, einfach, um sie und ihre Fragen loszuwerden. Und da Julia, wie sie erzählte, sich sofort in ihren Fiat 500 gesetzt und die Nacht durchgefahren war, keine andere Adresse in der Gegend hatte, war sie einfach direkt hergekommen. Es war ihr verlockender erschienen, als auf dem Nürnberger Kommissariat erneut nur hingehalten zu werden.

Da saß sie nun, übermüdet, überreizt und fehl am Platz. Aber das konnte er ihr natürlich nicht sagen.

»An was denkst du gerade?«, fragte sie mit Kleinmädchenstimme.

O Gott, dachte Viktor, noch mal achtzehn sein. Was für ein Horror. Er war wohl doch schon älter, als er geglaubt hatte.

»Nun«, setzte er an. Die korrekte Antwort lautete: Ich denke an fast nichts anderes als an die Frau, mit der ich einmal geschlafen, die ich dann aber in den Wind geschossen habe und die jetzt einen anderen hat, auf die ich neuerdings aber wieder total scharf bin, vermutlich eben weil sie mittlerweile einen anderen hat, was weiß ich. Jedenfalls halte ich sie gerade für die Frau meines Lebens, obwohl ich eigentlich was mit einer anderen angefangen hatte, hinter der ich auch vorher die ganze Zeit her war, die mich jetzt aber nicht mehr interessiert, vermutlich, weil ich mit ihr jetzt auch schon im Bett war, vielleicht auch, weil sie echt kompliziert ist, keine Ahnung. So genau will ich das eigentlich gar nicht wissen. Jedenfalls, die, die ich jetzt zu lieben glaube, die hat also einen anderen, der sie aber betrügt, da bin ich sicher. Ich bin sogar überzeugt davon, dass der Typ in Wahrheit verheiratet ist. Und wenn ich ihr das mitteile, dann habe ich bei ihr eventuell wieder Chancen, aber nur, wenn ich es sehr geschickt anstelle. Und ich muss mir meiner Sache sicher sein, ich muss es beweisen können, was ich noch nicht kann, und genau darüber denke ich gerade nach. Ausschließlich und mit zunehmender Intensität, je wacher ich werde. Und dabei würde ich auch lieber nicht gestört werden. »Ich kann verstehen, wie du dich fühlst«, sagte Viktor. Was nicht unbedingt eine korrekte Zusammenfassung seiner Überlegungen darstellte, aber eine ziemlich kluge Antwort war, wie er fand.

»Ich habe Clemens geliebt. Wir wollten für immer zusammenbleiben.«

»Ja«, sagte Viktor und reichte ihr ein Taschentuch. »Das ist schlimm.« Und wenn es sogar noch schlimmer war, überlegte er weiter, wenn dieser Friedhelm – wie konnte man nur Friedhelm heißen – nicht nur ein Bigamist, sondern auch noch in diesen seltsamen Autounfall verwickelt war, bei dem er da ganz zufällig, mitten in der Nacht, Zeuge geworden war, auf einer ausgestorbenen Straße, die fernab seines Wohnsitzes oder Arbeitsplatzes lag? Das wäre ja beinahe noch besser! Das wäre so was von symbolisch! Ja geradezu zwingend! Er hatte doch immer schon gewusst, dass etwas mit diesem Friedhelm ganz und gar nicht stimmte.

»Nein, es war wunderbar«, widersprach sie. »Es war das Beste, was mir in meinem ganzen Leben passiert ist.«

»Wie?« Der bockige Ton ließ Viktor zu sich kommen. Mit verheulten Augen schaute Julia ihn an. Viktor schämte sich, dass er mit den Gedanken nicht ganz bei der Sache war. Aber nur ein bisschen. Und wenn er mal mit Miriams Onkel über die ganze Sache redete? Der Mann hatte immerhin mal für die Polizei gearbeitet. Vielleicht konnte er Friedhelm für ihn überprüfen.

»Wirst *du* Clemens begraben?«, fragte Julia.

»Das weiß ich nicht. Wenn die Gerichtsmedizin ihn freigibt, werden das die Angehörigen entscheiden.« Viktor holte sein Handy heraus und suchte im Speicher nach Dr. Hoffmanns Nummer.

»Aber Clemens' Mutter«, hörte er Julia noch protestieren, den Rest bekam er nicht mehr mit. Hoffmanns Anrufbeantworter sprang an. »Konichiwa, alter Leichenschneider«, sprach Viktor schwungvoll aufs Band. »Hier ist der Mann, dem Sie was schulden. Ich brauche Sie, und zwar samt Ihrem schweren Gerät. Bitte rufen Sie zurück.« Er legte auf.

Julia starrte ihn an. »Haben Sie einen Knall?«, fragte sie.

Viktor zuckte mit den Schultern. »Ich kann es nicht ausschließen«, sagte er.

Sie nickte, als dächte sie darüber nach. »Ich will herausfinden, warum Clemens gestorben ist«, erklärte sie schließlich.

Viktor nickte flüchtig. »Kann ich verstehen.« Wenn Hoffmann sich heute noch meldete, konnten sie sich den verkohlten Kameraden dort unten eventuell schon nach der Beerdigung von Frau Müller ansehen, und dann ...

»Wirst du mir helfen?«

»Ich?« Jetzt hatte sie seine Aufmerksamkeit. Entsetzt schaute er sie an. »Nein!«

Sie schaute zurück.

Er hob abwehrend die Hände. »So was macht die Polizei. Ich bin Bestatter.« Irgendwie hatte er das Gefühl, dass sie wusste, dass er log. Er war keineswegs nur Bestatter. Sherlock war sein zweiter Vorname. Aber er war ausgelastet und würde demnächst Professor Friedhelm Moriarty zur Strecke bringen. Seine Mission hieß Miriam.

»Aber die Bullen reden nur mit Clemens' Mutter. Und Clemens' Mutter sagt nie die Wahrheit. Schon gar nicht Clemens oder mir. Immer hat sie uns belogen.«

»Ach«, entfuhr es Viktor, dem das in gewisser Weise bekannt vorkam. Hatten nicht auch seine Eltern immerzu gelogen? Zumindest seit Hannahs Tod? Als alle taten, als wäre nichts geschehen. Und, wenn man bedachte, dass sie ja irgendeinen Grund gehabt haben musste, Selbstmord zu begehen, schon lange vorher ...? Niemand hatte ihm je erklären können, warum sie sich getötet hatte. Nur, dass alles wieder gut würde, hatten sie gesagt. Und das war die größte Lüge von allen gewesen.

»Ja«, bestätigte Julia. Sie setzte sich auf das Sofa. »Immer hat sie gesagt, sie wisse nicht, wer sein Vater ist. Oder dass es gleichgültig sei. Dass es besser sei, wenn er es nicht erführe. Dass er keinen Vater bräuchte. Aber das war alles verkehrt. Clemens hat sie so gebeten. Ihm war es wichtig. Aber sie.« Julia schüttelte den Kopf. »Dabei hing sie mit so einer Affenliebe an ihm, hat ihm und sich Partnerkettchen gekauft. Ginkgoblattanhänger.« Sie schüttelt den Kopf. »So was ist doch nicht normal.«

Langsam setzte Viktor sich neben sie. »Vielleicht«, sagte er, »wusste sie es wirklich nicht, wer der Vater ist, meine ich. So etwas kommt vor.«

Das Kopfschütteln wurde intensiver. »Sie wollte es einfach nicht verraten. Irgendwann hat sie es praktisch zugegeben. Da hat Clemens gesagt, wenn ich achtzehn bin, geh ich los und finde es heraus. Und das hat er getan.« Sie hob den Kopf, stolz auf ihren Freund.

Viktor dachte an sich selber. Auch er war mit achtzehn losgezogen. Aber nicht, um Hannahs Tod aufzuklären, sondern um davonzulaufen. Den Mut, den Dingen auf den Grund zu gehen, hatte er erst zehn Jahre später gefunden. Da war Clemens ihm ein ganzes Stück voraus. Voraus gewesen.

»Und«, fragte Viktor zögernd. »Hat er ihn gefunden?« Er war nicht sicher, ob er die Antwort hören wollte.

»Warum sonst«, fragte Julia und schaute wie ein staunendes Kind, »ist er jetzt wohl tot?«

»Möchtet ihr beide vielleicht einen schönen, heißen Tee?«, fragte eine Stimme hinter ihnen. Ohne eine Antwort abzuwarten, stellte Hedwig Anders das Tablett auf die Polster zwischen Julia und Viktor.

Viktor sprang auf. »Tante Hedwig. Ich hab dich gar nicht reinkommen hören!« Er wollte zu einer Strafpredigt ansetzen, was das Betreten seiner Räume ohne vorheriges Anklopfen betraf, einen Punkt, über den Hedwig und er oft genug stritten. Doch sein Handy klingelte. Er nahm ab und trat ans Fenster. Zu seiner Erleichterung war es Hoffmann, der ihm keine Schwierigkeiten machte, als er andeutete, es gäbe da einen fragwürdigen Todesfall, und der seinen Besuch für den Abend versprach. Als Viktor auflegte, sah er Thekla am Fenster vorbeifliegen.

»War das eine Katze?«, fragte Julia, die ihm mit Blicken gefolgt war.

»Möchtest *du* ihr das erklären, Tante?«, fragte Viktor mit falscher Liebenswürdigkeit. »Wo du doch schon mal da bist?« Die Antwort auf Julias Frage musste »Ja« lauten. Thekla war die alte Katze der Familie. Irgendwann hatte Tobias, der selber ein großer Freund des Fliegens war, sie einmal aus dem Fenster geworfen, vermutlich nur als Experiment. Als er jedoch herausfand, wie groß die Aufmerksamkeit war, die ihm das einbrachte war er dazu übergegangen, Thekla immer dann auf ihre Flugbahn zu bringen, wenn ihm etwas nicht passte, vorzugsweise, wenn der Nachmittagstee, den seine Mutter ihm auf einem Tablett punkt vier Uhr in sein Zimmer zu bringen pflegte, auf sich warten ließ. Es war nicht immer einfach, Tobias' Ansprüchen an Pünktlichkeit und Gleichförmigkeit gerecht zu werden. Zu seiner Verteidigung musste man sagen, dass er selber immer absolut pünktlich war. Theklas Pfoten hatten den Rasen noch nicht berührt, da schlug die Standuhr unten im Wohnzimmer vier.

Hedwig setzte sich und verschränkte die Arme. »Viktor«, sagte sie, »ich finde, du musst diesem armen Jungen unbedingt helfen.«

Mit freudig geröteten Wangen schaute Julia von einem zum anderen.

»Der Junge ist tot, Tante.«

Hedwig senkte den Kopf und schaute auf ihre Hände. »Ja, aber du hast doch schon ein paar Mordfälle gelöst und ...«

»Tante!«, unterbrach Viktor sie verärgert. »Das gehört doch nun wirklich nicht hierher.«

Seine Tante ließ sich nicht beeindrucken. »Ja, und die Frage, die er hatte, die ist doch sehr wichtig. Oder findest du nicht?«

Es war etwas in ihrem Ton, das Viktor irritierte. »Ich weiß nicht«, begann er.

Jetzt war es Hedwig, die aufschaute. »Und wenn ein so junger Mensch stirbt, dann will man doch alles wissen, oder? Warum er sterben musste und was er dachte, und...«

Viktor presste die Lippen zusammen. Er wusste nicht, ob er gerührt sein sollte oder unglaublich wütend. Gerade Hedwig, die jeder Frage nach Hannah immer ausgewichen war, hielt ihm jetzt so eine Predigt. »Hast du das also endlich begriffen?«, fragte er leise.

Seine Tante stand auf. »Du hast jedes Recht, mir diese Frage zu stellen«, sagte sie sehr würdevoll. »Aber würdest du auch die Antwort ertragen?«

Julia hielt es nicht mehr auf ihrem Sitz. »Ich ertrage die Antwort«, rief sie aufgeregt, »jede Antwort. Bitte. Bitte«, wiederholte sie.

Gott, es war schrecklich, wenn die Leute so jung waren. Viktor seufzte. Mit einem Mal kam er sich beinahe alt vor. Und doch wieder nicht. Denn er spürte, wie die Frage, wer Clemens Weidners Vater war, ihn langsam zu beschäftigen begann. Und dafür gab es keine erwachsene Erklärung. Oder doch?

Er schaute seine Tante an, die seinen Blick mied und sich stattdessen die spitzenbesetzte Kittelschürze glattstrich.

»Das ist das Klassenbuch von Clemens' Mutter.« Julia zog ein billig gebundenes Heft aus ihrem Rucksack, ein Segeltuchteil, das roch, als hätte es zu lange feucht in der Waschmaschine gelegen. Es war mit zahllosen Flicken übersät, genau wie der Schlafsack und der Überzug ihrer Gitarre, den sie offenbar selbst genäht hatte. Das Instrument, der Tuchsack, eine weitere Reisetasche, eine transportable Wasserpfeife und ein paar an den Schnürsenkeln zusammengebundene Springerstiefel nebst einem Tablet lagen mittlerweile in Viktors Wohnzimmer herum.

Ratlos hatte Tante Hedwig an Julias Sachen herumgezupft. »Soll ich das für dich waschen, Liebes?«

Ganz gegen seine Gewohnheit hatte Viktor das für eine großartige Idee erklärt und sie, mit so viel Textilien wie sie auf dem Arm tragen konnte, aus der Wohnung geschoben.

»Sie ist echt süß«, hatte Julia erklärt.

»Ja«, hatte Viktor geschnaubt, »das auch.« Dann hatte er sich die Unterlagen angesehen, die Julia Stück für Stück auf seinem Parkettboden ausbreitete: Briefe, Postkarten, alte Fotografien, Kopien von Melderegistern. Es war ein ziemliches Durcheinander und doch, für ein ganzes Menschenleben, nicht allzu viel.

»Sie hat nicht gerne Dinge aufgehoben«, meinte Julia. »Das Jahrbuch haben wir von ebay. Ist ganz gut in Schuss. Das hier war ihre Klasse.« Sie blätterte, schlug das Heft auf, legte es Viktor in den Schoß und tippte auf ein Mädchen, das ganz hinten links stand. »Das ist sie. Ruth Weidner.«

Ruth war ziemlich reif für ihr Alter, wenn man sie mit ihren Mitschülerinnen verglich. Sie hatte breite Hüften und einen vollen Busen, den sie hinter verschränkten Armen versteckte. Mit dem Karorock und der Bluse hätte man sie auch für die Lehrerin halten können. Der Klassenlehrer allerdings stand auf der gegenüberliegenden Seite der

Gruppe, erkennbar an dem Jackett, das er zu den Jeans trug und dem fliehenden Haaransatz. Wie die meisten, Ruth ausgenommen, hatte er die Arme nach oben gerissen und machte ein »Yeah«-Gesicht.

»Es war der Musik-Leistungskurs«, sagte Julia. Als könnte das einiges erklären.

»Hm«, machte Viktor. »Aber dir ist schon klar, dass die Mädels meist mit älteren Typen gehen, so ein, zwei Klassen drüber.« Ein unumstößliches Faktum, das er als kleiner Elftklässler schmerzhaft am eigenen Leibe hatte erfahren müssen. Ach, Anja Otterbein, dachte er, warum hast du mich nicht erhört?

»Ist klar«, erwiderte Julia. »Aber Fotos gab's nur von den Abiklassen. Wir dachten auch eher, wir finden eine Freundin von Ruth, mit der wir reden können. Haben wir dann auch.« Sie tippte erneut auf das Heft. »Sabine Hagelfuß.«

»Was für ein Name«, entfuhr es Viktor.

»Ja, ich finde Sabine auch scheiße.« Julia gähnte, steckte sich ein Stück von Hedwigs Kandis in den Mund, auf dem sie vernehmlich herumknackste, während sie weitererzählte. »Auf jeden Fall kam sie uns nicht mit dem ganzen Gelaber von wegen: Müsst ihr mit Ruth selber reden. Muss jeder mit sich ausmachen oder so.«

»Keine Datenschutzprobleme also.«

»Mann, hier geht es um Erinnerungen.«

»Und woran hat diese Sabine sich erinnert?«

Julia lehnte sich zurück. »Das weiß ich, da war ich noch dabei. Sie ist jetzt verheiratet und lebt in Hamburg. Da sind wir zuerst hin. Clemens und ich. Voll krasse Wohnung übrigens, in so einem Backsteinhaus. Und sie hat gesagt, die Ruth hatte damals einen festen Freund, seit zwei Jahren. Seit der elften Klasse. Das war ja damals noch das G9.«

»Danke, ich bin im Bilde«, erwiderte Viktor, der sich langsam wirklich alt vorkam.

»Und jetzt kommt's: Clemens hat den Typ gefunden. Der ist immer noch hier in Nürnberg, nach all den Jahren. Hat hier studiert, geheiratet, ein Haus gebaut.« Sie schaute ihn mit großen Augen an, als wollte sie sagen: Ist das zu fassen?

»Hab ich dir schon erzählt, dass ich mal 'ne Weltreise gemacht hab?« Viktor musste es einfach fragen.

Aber Julia schien ihn gar nicht zu hören. »Hier.« Sie wühlte nach einer Visitenkarte. Edles Papier, strenge Graphik. Der Architekt Dr. Peter Pohl baute sicher keine Reihenhaussiedlungen. Die Adresse am Prinzregentenufer war teuer.

Viktor drehte die Karte in der Händen. »Und, was meinst du, war Clemens schon dort?«

Sie seufzte. »Wenn ich das wüsste... Außerdem hat Sabine noch von Dimitri erzählt. Wir durften sie duzen.«

»Dimitri«, wiederholte Viktor verwirrt.

»Ja, Dimitri Volkov oder so ähnlich. Der war in ihrer Klasse, aber viel älter, weil er schon so oft sitzengeblieben war, sagt die Sabine. Er war mitten im Schuljahr dazugekommen, deshalb erinnert sie sich so gut an ihn, und weil er nicht richtig Deutsch konnte und man in der Pause bei ihm Alkohol kriegen konnte, und Dope. Und russische Zigaretten. Die fanden sie damals wohl cool. Im Freibad und wenn sie schwänzten und an der Stadtmauer abhingen, dann war er für manche der King.«

»Verstehe.« Viktor wurde rot. Ein-, zweimal hatte er sich auch dieser Art von Beliebtheit erfreut. Aber es war kein Ersatz gewesen. Nicht dafür, dass Hannah sich von ihm zurückzuziehen begann. Nicht dafür, dass sie dann tot war.

»Und im Turnen«, fuhr Julia fort. »Da war er wohl ein Ass. Sie weiß noch, dass alle damals rumschwadroniert hätten, das läge daran, dass die russische Armee die härteste der Welt wäre und immer im Schnee mit nacktem Oberkörper trainiere. Voll behindert.«

»Ja, klar, und sie saufen, singen und tanzen die ganze Zeit. Können wir mal wieder zur Sache kommen?«

»Sie meinte, der wohne in Langwasser. Klingt wie aus Karl May.«

»Das ist eine Hochhaussiedlung«, erwiderte Viktor mechanisch. Langwasser, das klang hübsch, sah hässlich aus und war im Lauf der Jahre zu einem Synonym für Probleme und Kriminalität geworden. Da fielen mitunter ziemlich rassistische Bemerkungen, was Viktor grauenhaft fand, aber wohnen wollte er dort nicht. Also Peter Pohl und Dimitri Volkov, Edelviertel und Ghetto, das würde ein ganz schönes Wechselbad werden. Ob Ruth Weidner das damals auch schon so empfunden hatte?

»Ach, und Julia?«

»Ja?«, sagte sie, die Finger in der Kandisdose.

»Das Wort behindert benutzt du in diesem Haushalt besser nicht als Schimpfwort.«

»Wieso?«

»Frag die Katze«, sagte er.

12

Viktor absolvierte die Sexbomb-Beerdigung mit Würde und die Aussegnungsfeier für den Apotheker in der Benediktiner-Kapelle mit Hilfe von nur zwei Gläsern blassgelben Silvaners. Er konnte es kaum erwarten, nach Hause zu kommen, um mit dem alten Hoffmann in den Keller zu steigen. Als er ankam, fand er seine Tante mit Julia und Tobias beim Entkernen von Pflaumen vor. Das heißt, Julia und Hedwig entkernten, Tobias lutschte an den Kernen und reihte sie zu Mustern, deren sicherlich strenge Gesetzmäßigkeit nur ihm vertraut war.

»Ist das nicht Kinderarbeit?«, zischte Viktor seiner Tante im Flüsterton ins Ohr. Die allgemeine Harmonie verstörte ihn zutiefst.

»Sie hat gerade ihren Freund verloren«, erwiderte seine Tante.

Und ehe Viktor »eben« sagen konnte, fuhr sie fort. »Und was ist in dieser Situation das Beste?«

Misstrauisch blickte Viktor sich um. Es roch süß, an den Fenstern schlug sich das Kondenswasser des kochenden Fruchtbreis nieder. Tobias summte, und am Herd, wie er jetzt erst bemerkte, da niemand auf die Idee gekommen war, trotz des abnehmenden Lichtes die Deckenlampe anzuschalten, stand eine Gestalt und rührte kräftig mit einem Holzlöffel im Topf wie die Großmutter im Märchen.

»Arbeit«, sagte die Gestalt und drehte sich um. Es war Hoffmann, er trug eine von Tante Hedwigs Schürzen. Er winkte Viktor lässig mit dem Löffel zu und grinste.

»Arbeit«, wiederholte Viktor und nickte grimmig. »Das denke ich allerdings auch. Bereit, Professor? Wir haben viel vor.«

Der alte Gerichtsmediziner hob die Hände wie ein Chirurg im OP und ließ sich von Hedwig ein Handtuch reichen. Er griff nach seiner Tasche, die auf der Eckbank stand, und schlurfte zu Viktor hinüber. Als er sich noch einmal umdrehte, um sich von den Damen und Tobi zu verabschieden, raunte Viktor ihm zu. »Vielleicht sollten Sie die Schürze abnehmen.«

Hoffmann ignorierte ihn. »Und vier Gläser sind versprochen, ja?«

»Mit Vergnügen, Professor.« Tante Hedwig schnurrte.

»Mit Vergnügen, Professor«, wiederholte Viktor gehässig ihren Satz, drei- oder viermal, während er durch den Flur ging und die Kellertür öffnete. Dann bemerkte er, dass Julia ihnen gefolgt war. »O nein«, rief er und verstellte den Eingang. »Das ist ganz und gar nichts für dich.«

»Ach, Kinder, Küche, Kirche, oder was?«, fragte sie schnippisch.

»Für Kinder bist du noch zu jung«, schnappte Viktor. »Kirche ist fakultativ. Aber Keller muss partout nicht sein.« Er war nicht gewillt. Das letzte Mal, als er eine Frau mit hinuntergenommen hatte, war sie in Ohnmacht gefallen und mit dem Haar in eine Bodenpfütze Peroxid geraten. Genau genommen war diese Frau Miriam gewesen. Durch diesen Unfall war sie erblondet, hatte angefangen, sich für Marilyn Monroe zu halten und war in Lichtgeschwindigkeit bei diesem Friedhelm gelandet, ohne dass er auch nur eine Chance gehabt hätte einzugreifen. Nein, er hatte seine Lektion gelernt. Frauen hatten in Leichenkellern nichts verloren.

»Nach Ihnen«, sagte Hoffmann nonchalant und hielt Julia die Tür auf.

Mit einem pflaumensüßen Lächeln trippelte sie hindurch.

Viktor schnaubte. »Sie werden alt.«

»Süße der Pflaumen«, deklamierte Hoffmann auf dem Weg nach unten. »Bin ich schon alt, kann ich sie doch immer noch schmecken.«

»Wehe, sie kotzt mir auf den Boden«, war alles, was Viktor erwiderte.

In der Tat veränderte sich die Atmosphäre, als das Neonlicht an war und der Tote von der B2 vor ihnen auf dem Aufbereitungstisch lag. Viktor hatte ihn noch nicht aus seiner Plastikhülle genommen. Auch jetzt sah er davon ab und öffnete vorerst nur den Reißverschluss bis zur Brusthöhe, sodass die stark verbrannten Teile bedeckt blieben. Der Geruch allerdings war nicht zu verbergen.

Mit grimmiger Genugtuung stellte Viktor fest, dass Julia zurücktrat, bis sie an den Arbeitstisch hinter ihr stieß. Ihre

Finger fanden die Ecke einer Plastiktüte und begannen, damit herumzuspielen.

Hoffmann war nun ganz und gar konzentriert. »Wonach suchen wir?«, fragte er, während er sich die Handschuhe überstreifte und an seinem Aufnahmegerät herumfummelte.

»Nach Hinweisen auf Fremdverschulden.« Viktor erwiderte Hoffmanns Seitenblick mit einem stolzen Recken des Kinns. Er war kein Anfänger. Er kannte solche Wörter. Vielleicht war es doch gar nicht so schlecht, dass Julia auch dabei war.

»Hat die Polizei irgendetwas festgestellt?«, erkundigte Hoffmann sich. »Reifenspuren? Defekte am Wagen? Unklarheiten bei der Rekonstruktion des Unfallhergangs?« Er bemerkte die Schürze und nahm sie nun doch ab. »Gibt es Hinweise auf die Anwesenheit einer anderen Person im Wagen oder am Unfallort?«

»Friedhelm war da«, platzte Viktor heraus. »Und er hat der Polizei gesagt, er wäre auf dem Weg zu seiner *Frau*!«

Hoffmann, der begonnen hatte, die Plastikplane weiter zu öffnen, um den Kopf des Toten zwischen den Händen bewegen zu können, hielt inne und schaute auf. »Und das macht ihn verdächtig, diesen Mann hier ermordet zu haben?«, fragte er stirnrunzelnd. »Diesen, diesen...« Er schaute in das tote Gesicht. »Wer ist das überhaupt?«

Bitte, wollte Viktor gerade sagen. Miriam ist schließlich *deine* Nichte. Da machte Julia sich bemerkbar.

Weit gefasster, als Viktor erwartet hatte, hatte sie sich

umgesehen. Auf einer abwaschbaren Tafel mit den Nummern der Kühlfächer hatte sie den Namen des Toten entdeckt, den sie nun laut aussprach: »Markus Hammer. Null, drei, eins, null, zwei...«

»Das ist das Todesdatum«, unterbrach Viktor sie.

Julia verstummte. Ihr Blick fiel auf die Plastiktüte, an der sie herumgeknubbelt hatte. Sie enthielt ein Sammelsurium kleiner Gegenstände und Stoffstückchen, größtenteils verkohlt. Obenauf lag der Rest eines Personalausweises, der nicht völlig verbrannt war. Sie betrachtete das halbe Bild eines Gesichts, das unter Blasen gelb und schwarz verfärbten Plastiks gerade noch zu erkennen war.

»Viktor«, sagte Hoffmann.

Und Viktor schloss die Augen. Er wusste, was dieser Tonfall bedeutete. Er kannte die Argumente. Jetzt, da sie alle hier standen, leuchteten sie ihm fast ein. Aber es konnte doch theoretisch sein, es war nicht ausgeschlossen. Es durfte einfach nicht sein.

»Magst *du* diesen Friedhelm Werth etwa?«, entfuhr es ihm, und er riss die Augen wieder auf.

»Viktor, dass er vielleicht, und ich sage, vielleicht, eine Frau hat, das ist eine Sache«, begann Hoffmann. »Und sicherlich eine sehr bedenkliche. Aber dass er einen Mord begangen haben soll, das ist...«

»Ja, ja, ja«, unterbrach Viktor ihn. Am liebsten hätte er sich die Ohren zugehalten.

Hoffmann warf sein Aufnahmegerät unsanft auf den Leichensack. »Verdammt, mein Sohn. Ich habe im Moment wirklich wichtigere Dinge zu tun.‹ Er schaute auf die Uhr.

»Ist Ihr blöder Haiku-Kongress wirklich wichtiger als Miriams Glück?« Viktor biss sich auf die Lippen. Haiku war eine japanische Gedichtform, war für Hoffmann weit mehr als eine Rentnerbeschäftigung, das wusste er. Es war eine Lebensphilosophie. Und wie er den Alten kannte, würde er sie nicht ungestraft blöd genannt haben. Er schloss die Augen.

Hoffmann holte Luft. »Dieser Tote«, begann er. Und seine Stimme donnerte, »hat, wie dir selber klar sein sollte, nicht das Geringste mit Miriam oder Friedhelm oder sonst einem deiner Hirngespinste zu tun.«

»Das stimmt nicht ganz.« Es war Julia, die das sagte.

Während die beiden Männer stritten, hatte sie die Plastiktüte genommen und den Inhalt auf den Tisch geschüttet. Es roch nach altem Gartengrill, verschmortem Plastik und einer unangenehmen Süße, über die sie nicht nachdenken wollte. Mit spitzen Fingern hatte sie in den Sachen herumgewühlt, um sich abzulenken und den Krach der beiden nicht zu hören. Brüllende Männer. Sie kannte das. Sie mochte es nicht. Dann hatte sie etwas gefunden. Es muss einmal aus Papier gewesen sein. Nun war es Asche, zum größten Teil. Nur eine Ecke war noch erkennbar, der Rest eines Flyers. Grüne Bäume, die Buchstaben »ronn« und dazu ein Symbol, das sich auch auf der Homepage des Klosters fand. Sie hob das Stück Papier hoch.

»Er hat etwas mit *Clemens* zu tun. Mit meinem Clemens.

Das hat er ...« Kaum waren die Worte ausgesprochen, begannen ihre Tränen wieder zu fließen. Sie wandte sich ab, als Viktor ihr das Schriftstück aus der Hand nahm.

»Ein Kloster?«, fragte Hoffmann.

»Der tote Junge«, erwidert Viktor nur. »Auf dem Friedhof der Kartäuserinnen letzte Nacht.«

Hoffmann nickte; er hatte von dem Fall gehört. Die Verbindungen zu seiner alten Arbeitsstätte waren exzellent.

»Dein neuester Fund«, stellte er fest. Der Groll in seiner Stimme wich echtem Interesse. »Ich hatte mich schon gefragt, wann du damit zu mir kommen würdest. Interessant.«

»Clemens ist nicht interessant!«, protestierte Julia hinter ihrem Rücken und putzte sich die Nase. »Er ist ein Mensch, ein echter, wunderbarer Mensch.«

»Die Freundin«, flüsterte Viktor Hoffmann zu, der zerstreut nickte. Sein Blick glitt bereits wieder über die Leiche, die für ihn eine ganz neue Bedeutung bekommen hatte. »Und dieser Tote hängt mit dem aus dem Kloster zusammen?«

»Vielleicht«, gab Viktor zu, der den Gedanken beiseiteschob, dass der tote Autofahrer die Infobroschüre über Kloster Trubenbronn auch einfach irgendwann einmal erhalten und in sein Auto gelegt haben konnte. Einfach, weil er aus der Gegend kam. Vor Tagen, Wochen oder, wenn er an die diversen Inhalte seines eigenen kleinen Renaults dachte, auch vor Jahren. Andererseits musste er das Papier an seinem Körper getragen haben, da es nicht völlig verbrannt war, vermutlich in der Brusttasche des Hemdes oder ähnlich weit oben. Vielleicht hatte er es sogar in der Hand gehalten und studiert. Vielleicht ...«

»Möglich ist es«, wiederholte Viktor zögernd. Er würde herausfinden müssen, wer der Mann war und wo er an diesem Abend hergekommen war. »Oder das Ganze ist ein unglaublicher Zufall. Wir brauchen alles, was Sie uns über den Toten sagen können. Wir ...«

Er brauchte gar nicht weiterzusprechen. Hoffmann hatte sich bereits tief über die Leiche gebeugt. So tief, dass seine dürre Nase mit der Brille, die er seit einiger Zeit brauchte, beinahe in den angesengten Haaren des Toten steckte. Es waren nicht viele Haare. Jemand hatte sie vor kurzem abrasiert und sie hatten wenig Zeit gehabt, vor dem Tod ihres Besitzers wieder nachzuwachsen. Welche Farbe sie gehabt hatten, war unmöglich zu sagen. Es war kaum mehr von ihnen übrig geblieben als ein schmieriger dunkler Film auf der Kopfhaut des Mannes, aus dem hier und da einige Büschelchen aufragten.

»Eines kann ich dir jetzt schon sagen«, meinte Hoffmann und richtete sich wieder auf. Er schob die goldene Brille zurück und schaute Viktor an.

»Dieser Mann wäre, Unfall hin oder her, auf jeden Fall in Kürze gestorben.«

13

»Seht ihr diese Flecken?«, fragte Hoffmann die beiden. Denn auch Julia war jetzt an den Aluminiumtisch herangetreten. »Hier und hier? Das sind Markierungen, wie sie für Bestrahlungen angebracht werden. Der Arzt nimmt sie mit einer Art Permanent Marker vor, damit er die Strahlendosis bei jeder Behandlung immer korrekt ausrichten kann. Solche Marker bleiben lange erhalten, oft über die Therapie hinaus.«

Und er erklärte ihnen, dass aufgrund der Position dieser Markierungen davon auszugehen war, dass der tote Hammer an einem Gehirntumor gelitten hatte. Hoffmann fand frische und ältere Farbspuren und auch die Narben eines früheren operativen Eingriffes, der offenbar erfolglos geblieben war. Zumindest hatte er die fortgesetzten Bestrahlungen nicht überflüssig gemacht.

»Dem Alter nach, und so wie die Markierungen sitzen«, sagte der Professor, »gehe ich davon aus, dass das Ding als inoperabel galt. Nahe am Hirnstamm, würde ich sagen.« Er nahm mit einem Instrument Maß, berechnete die Linien, murmelte ein paar lateinische Begriffe und fuhr fort: »Dort, wo all die lebenswichtigen Funktionen sitzen. Wäre es das Großhirn oder ein anderer Bereich, käme er mit ein paar

Gramm Hirnmasse mehr oder weniger vermutlich davon, oder käme zumindest ganz gut mit dem Verlust klar. Die höheren Gehirnfunktionen sind zum Leben nicht unumgänglich notwendig, wie man an einigen Politikern sehr schön sieht.« Er zwinkerte Julia zu.

Viktor schnaubte, als das Mädchen tatsächlich kicherte.

»Aber so.« Der Gerichtsmediziner schüttelte den Kopf. »Ich müsste mir seine Krankenakte besorgen. Aber ich würde sagen, der Mann war ein Todeskandidat. Ein paar Monate, wenn ihr mich fragt. Das erklärt auch die Abmagerungen, die man sieht.«

»Abmagerung?«, fragte Viktor sich. Der Mann sah bis knapp unterhalb der Brustwarzen aus wie Holzkohle. Die Beine und Arme hatte es durch die Verbrennung an den Körper gezogen, halb Fötus, halb Boxer lag er da. Ob er mager oder fett gewesen war, konnte ein normaler Mensch unmöglich noch erkennen.

»Der Hals«, meinte Hoffmann nur.

»Und, kann der Tumor den Unfall verursacht haben?«, erkundigte Julia sich.

Hoffmann schüttelte nachdenklich den Kopf. »Ausschließen kann man es nicht«, sagte er. »Ein plötzlicher Funktionsausfall, motorische Einschränkungen. Möglicherweise hatte er Probleme mit der Nachtsicht. Auch die Medikamente, die er sicher bekam, können eine Rolle spielen. Wie gesagt, ich bräuchte seine Akte, um dazu mehr sagen zu können.« Sein Handy gab einen Piepston von sich. Er fingerte es aus seiner Tasche und studierte das Display. Den Handschuh hatte er anbehalten. Sein Gesicht begann auf einmal zu leuchten.

»Die kriegen Sie doch sicher?«, fragte Viktor. »Diese Akten?«

Hoffmann schaute ihn nicht an. Er tippte eine Nachricht. »Sicher. Ich könnte sie über einen Kollegen besorgen«, sagte er, »wenn ich nicht so wahnsinnig mit meinem blöden Haiku-Kongress beschäftigt wäre.« Damit zog er seine Handschuhe aus und begann zu packen. Dabei neigte er sich tief über seine Tasche, um das breite Grinsen auf seinem Gesicht zu verbergen.

»Ach, Professor.« Viktor breitete hilfesuchend die Arme aus. »Kommen Sie, da stehen Sie doch drüber. Professor?«

Hoffmann nahm seine Tasche, drehte sich um und drückte Viktor die Küchenschürze in die Hand. »Meine Empfehlungen an deine Tante.«

»Professor Hoffmann.« Viktor musste rufen. Denn der alte Mann war schneller, als man es ihm zugetraut hätte, die Treppe hinaufgegangen.

»Vier Gläser«, rief er noch. Dann klackte die Tür ins Schloss.

»Verdammt.« Viktor zerknüllte die Spitzenschürze. Dann schaute er sich um, auf der Suche nach einem geeigneteren Ziel für den Ärger über sich selbst.

»Was«, fragte Julia mit gerunzelter Stirn, »ist ein Haiku?«

Viktor schmiss die Schürze, die ohne jede Dynamik an einem Hängeschrank abprallte. Er sah schwarz, er sah rot.

Er öffnete den Mund, um zu brüllen. Er kam erst wieder zu sich, als Julia zu ihm trat und ihm eine kräftige Ohrfeige versetzte.

14

»Die beste Medizin gegen männliche Hysterie«, wie Julia Hedwig später in der Küche erklärte, als sie ihr die Vorgeschichte des Schürzenwurfes und der nachfolgenden Ohrfeige erklärte.

Hedwig dachte an ihren Servietten werfenden Mann und seufzte. So viel Familienähnlichkeit war beunruhigend. Sollte die Ähnlichkeit noch weiter gehen, würde Viktor den Vorfall nicht gut verdauen. Sie selbst hatte Wolfgang einmal, genau ein einziges Mal, geohrfeigt. Er war ohne Abschied verreist und hatte auch nach seiner Rückkehr tagelang nicht mit ihr gesprochen. Das war jetzt gut fünfzehn Jahre her. Wenn sie recht darüber nachdachte, hatten sie eigentlich seit damals kein richtiges Gespräch mehr miteinander geführt. Oder war das schon vorher so gewesen?

»Ich weiß nicht«, murmelte sie.

»Ich hab drei Brüder«, sagte Julia. »Ich kenn mich da aus.«

Hedwig seufzte wieder. Sie stand auf, um Julia ein Lager auf dem Wohnzimmersofa zu richten. Ein Gutes hatte das Ganze, nun brauchte sie immerhin nicht zu befürchten, dass ihr leichtfüßiger Viktor etwas mit diesem Mädchen anfing, das eine Klientin war und überdies viel zu jung für solche Sachen. Je länger sie über ihre eigene Ehe nachdachte, umso mehr war sie der Ansicht, dass man sich mit dem ganzen Kuddelmuddel der zwischengeschlechtlichen Beziehungen gar nicht genug Zeit lassen konnte. Gerne hätte sie etwas von dieser neuen Weisheit an Julia weitergegeben. Aber sie war Realistin genug zu vermuten, dass sie damit wenig Erfolg gehabt hätte. Sie erinnerte sich nur zu gut an sich selbst in diesem Alter, an diese bohrende, nagende Angst, niemals, niemals, niemals im Leben einen Mann abzubekommen. Und dann hatte man plötzlich einen. Gott stehe ihr bei.

»Hartes oder weiches Kopfkissen?«, fragte Hedwig und holte beides aus dem Schrank.

Ein Stockwerk weiter oben saß Viktor am Telefon. Es gab sieben Dimitri Volkovs allein in Nürnberg. Falls der Junge weggezogen war, was in den letzten achtzehn Jahren ja gut einmal passiert sein konnte, wurde die deutschlandweite Auswahl entsprechend größer. Nach dem fünften vergeblichen Gespräch, das mit der kryptischen Auskunft »Bist du Jörg? Rufst du später wieder an« endete, gab Viktor auf. Er war inzwischen absolut bereit, darüber nachzudenken, ob er Jörg sein könnte. Vielleicht war das sogar besser. Vielleicht wurden die Jörgs dieser Welt nicht geohrfeigt. Anrufen aber wollte er auf keinen Fall mehr jemanden.

»Das habe ich nicht verdient«, sagte er laut zu dem Poster von Britney Spears, das er als Siebzehnjähriger hier in seinem Kinderzimmer aufgehängt hatte. Es war eine Vergrößerung des Covers von »In the zone«. Blondes Haar, blaue Augen, feuchter Mund – was wollte man mit 17 mehr?

Bislang hatte Viktor keine Veranlassung gesehen, irgendetwas in dem Raum zu verändern. In der ganzen Wohnung nicht. Weder hatte er es über sich gebracht, das alte Schlafzimmer seiner Eltern auszuräumen. Noch hatte er je wieder das Zimmer betreten, das Hannahs gewesen war, und das in den zehn Jahren seiner Abwesenheit von der Familie geschändet, geleert und in ein fabrikneues Gästezimmer umgebaut worden war. Nur im Wohnzimmer hatte er sich aufgerafft, das Parkett freizulegen, die schwere Last an Eiche-massiv-Möbeln aufzugeben und sich stattdessen mit einem schlanken Sofa, einem Flokatiteppich und einer Musikanlage auszurüsten. Es war der einzige Teil der Wohnung, den sein wechselnder Damenbesuch zu sehen bekam.

Hier drinnen, zwischen den alten Jugendmöbeln, standen sein Computer und das schmale Bett, in dem er wieder schlief, wie vor zehn Jahren. »Das habe ich nicht verdient«, erklärte er Britney noch einmal, die in voller Schönheit an ihm vorbeistarrte. Das erinnerte Viktor an etwas. Er griff noch einmal zum Telefon und wählte die Nummer von Karoline Schneid.

»Wusste ich doch, dass ich dich um die Zeit noch im Büro erwische«, sagte er, als die Kommissarin sich meldete.

»Sind Sie nicht der Bestatter, auf dessen Grabstein mal stehen wird ›Er hat sich stets bemüht‹?« Sie unterdrückte ein Kichern.

»Auf deinem hingegen wird ein dickes ›stets zu unserer vollsten Zufriedenheit‹ prangen. Oder wie wär's mit ›steif wie eh und je‹?«

»Okay, das reicht, was willst du?« Er hörte Stoff rascheln und stellte sich vor, wie sie Standbein und Spielbein wechselte. Ein langes, schlankes, nahezu perfektes Spielbein. Schade, dass sie so selten spielte.

»Der tote Junge im Kloster«, kam er ohne weitere Umschweife zur Sache. »Ihr sucht seine Freundin als Zeugin.«

»Weißt du, wo sie ist?«, fragte die Kommissarin. Auch sie ging ohne Zögern zum Du über.

»Nein«, log Viktor und versuchte, nicht an das Sofa seiner Tante zu denken, auf dem Julia gerade ruhte, grüner Plüsch mit Brokattroddeln. »Aber ich weiß, wo ich sie finde, und kann morgen um vier Uhr mit ihr auf dem Kommissariat sein für eine Aussage.«

»Ach«, sagte Karoline Schneid, eine Welt von Zweifeln, gepresst in drei kleine Buchstaben.

»Ach ja. Aber dafür musst du mir einen Gefallen tun.« Er gab ihr den Namen von Dimitri Volkov und die Daten seines Schulbesuchs, soweit er ihn mit Hilfe des Jahrbuches nachvollziehen konnte. Diesmal drang das Klackern von Tasten aus dem Hörer. Das war vielversprechend. Viktor wartete. Dann hörte er ein Lachen. »Und warum noch mal möchtest du den Herren sprechen?«

Viktor überlegte. »Würdest du mir glauben, wenn ich sage, er hat mein Auto gerammt und Fahrerflucht begangen?«

Das Lachen wurde lauter. »Dann wäre er talentierter, als ich es ihm zugetraut hätte. Dimitri ist ein alter Kunde. Er kam mit neunzehn zum ersten Mal in Jugendhaft und saß die letzten Jahre öfter, als er draußen herumlief. Unter anderem die letzten einundzwanzig Monate. Schwer, vom Knast aus ein Auto zu rammen.«

»Wo finde ich ihn also?« Viktor hatte den Stift schon in der Hand.

Karoline Schneid ließ ihn zappeln. »Warum sollte ich dir das sagen?«

»Weil ich dir das Leben erleichtern und dir eine wichtige Zeugin liefern werde, die ohne meine Überredungskunst nicht mit der Polizei wird sprechen wollen.«

Wieder lachte Karoline Schneid. »Du meinst diese kleine, fast noch minderjährige Zeugin mit dem süßen Schmollmund.« Sie hatte das Bild aus Clemens' Brieftasche in die Hand genommen und betrachtete es erneut. »Die ich vermutlich in deinem Bett finden werde, wenn ich mir jetzt die Mühe mache, in mein Auto zu steigen?«

Viktor blinzelte Britney zu, die mit lasziv geöffnetem Schmollmund über seinem leeren Bett hing, dem schmalen Jungenbett mit der Harry-Potter-Bettwäsche, das auf ihn wartete. »Ich schwöre«, sagte er, »dass in meinem Bett niemand liegt. Es ist so leer wie ...« Er suchte nach einer überzeugenden Formel.

Karoline Schneid verbiss es sich, ihrerseits eine Lösung anzubieten. Dein Verstand, fiel ihr ein, oder, verräterisch schnell: mein Leben. Sie sagte nichts.

»Jedenfalls.« Viktor schien das für ein ausreichendes Schlusswort zu halten.

»Vier Uhr«, sagte sie. »Sonst bereust du es.« Dann gab sie ihm die Adresse.

Viktor konnte ein Grinsen nicht unterdrücken.

Als er hinunterging zu den beiden Frauen, die sich vom Bettenbau bei einer Tasse Tee erholten, lag das Lächeln immer noch auf seinen Lippen. »Zwei Nachrichten«, sagte er, »eine gute und eine schlechte.«

Julia pustete eine ihrer Rasta-Strähnen aus der Stirn. Sie flappte nur leicht hoch und fiel zurück.

»Wir werden morgen Nachmittag mit der Polizei reden, auf dem Revier.« Es freute ihn zu sehen, wie sie den Mund verzog. Das zumindest hatte sie verdient.

Julia maulte. »Und das war jetzt die gute Nachricht, oder was?«

»Nee«, sagte Viktor. »Die gute ist, dass wir ins Gefängnis gehen. Aber nicht, nachdem wir bei den Bullen waren, sondern vorher.«

»Ach Gott, Viktor!« Tante Hedwig schlug die Hände über dem Kopf zusammen. »Gefängnis, du meine Güte.«

Viktor ignorierte sie. Triumphierend legte er den Zettel auf den Tisch, auf dem er die Adresse von Ruth Weidners frühem Liebhaber notiert hatte. »Ich habe Dimitri Volkov gefunden.«

Mit einem kleinen Schrei sprang Julia auf, fiel ihm um den Hals und drückte ihm einen Kuss auf die Wange.

Viktor ließ es geschehen. Vermutlich, dachte er, hatte der Kuss so wenig zu sagen wie der Schlag vorhin. Das bedeutete immerhin, dass er sich keines von beiden zu Herzen nehmen musste. Fast freute er sich, so über den Dingen zu stehen. Möglicherweise wurde er tatsächlich erwachsen. War das nun die gute Nachricht?

15

Sie hatten viel vor an diesem Morgen: Volkov befragen, der in der JVA einsaß, die Architektenfamilie Pohl besuchen, die von Ruth Weidners erstem festen Freund gegründet worden war. Und Viktor bestand darauf, auch gleich bei der Witwe Hammer vorbeizuschauen, der Gattin des Toten von der B2. Die offizielle Freigabe der Staatsanwaltschaft für die Leiche würde spätestens heute kommen, da war er sich sicher. Außer Julia und ihm ahnte ja niemand, dass der Mann in die Geschehnisse im Kloster verwickelt sein könnte. Und er hörte schon, was Karoline Schneid zu seinem Verdacht zu sagen hatte: Die B2 führte an viele Orte, nicht nur nach Trubenbronn. Keiner wusste, ob er wirklich dort gewesen und wann und wie und wann er überhaupt an diesen Zettel gekommen war. Nein, er behielt das besser für sich. Damit würde Hammer routinemäßig zur Bestattung freigegeben. Und was war normaler, als dass er die nötigen Gespräche mit der Hinterbliebenen führte? So hatte er die Frau für sich allein und käme ganz elegant an Informationen. »Dich geben wir als Hilfskraft aus«, sagte er zu Julia.

Sie hielt inne und starrte in ihr Vier-Minuten-Ei.

»Schmeckt es nicht, Schätzchen?«, erkundigte Hedwig sich besorgt.

Julia schüttelte den Kopf. »Dem seine Frau jetzt zu sehen, das ist echt krass«, sagte sie. »Ich meine, der liegt da unten und riecht wie ein Grillfest.«

Viktor verstand es nicht. »Eben. Wenn dir bei der Leiche nicht schlecht wurde, wieso ist dann die Frau für dich so ein Problem?«

»Weil ich da was sagen muss.« Sie schaute ihn mit großen Augen an. »Ich meine, die Frau hat richtig Kummer, oder? Die ist echt.«

»Und ihr Mann ist nicht echt?« Jetzt war Viktor mit Kopfschütteln dran.

»Irgendwie nicht.« Julias Stimme sank zu einem Flüstern. »Der sagt doch nichts mehr zu dem, was ich mach und tu. Genauso wenig, wie es sich echt anfühlt, dass der Clemens tot sein soll.«

Ehe jemand etwas dazu sagen konnte, klingelte es an der Tür.

Hedwig riss sich von dem Mädchen los. Mit einem mahnenden Blick in Richtung ihres Neffen eilte sie aus der Küche.

»Ach, Frau Vogelwild«, hörte Viktor sie an der Türe sprechen. Er musste kurz lachen.

Draußen jammerte eine Stimme. »Sie müssen meinen Mann begraben, Frau Anders, hören Sie? Begraben müssen Sie ihn.«

Man hörte Tante Hedwigs beruhigende Stimme, die auf die Frau einsprach. Dann näherten sich die Schritte. »Trinken Sie doch erst einmal einen Kaffee.«

Erschrocken hielt Julia im Schluchzen inne. »Kommen die jetzt etwa hier rein?«

Viktor stand auf und tätschelte ihr die Schulter. »Keine Sorge«, sagte er. »Die ist nicht echt.«

Da traten die beiden Frauen auch schon ein. Viktor begrüßte Frau Vogelwild routiniert und schenkte ihr eine Tasse Kaffee ein, die er vor sie hinstellte.

Die Frau sank umstandslos auf einen der hölzernen Küchenstühle. Sie war um die siebzig, mit der Sorte silberner Dauerwellenlocken, auf die manche Frauen mit sechzig umstiegen, um keine Arbeit mehr mit den Haaren zu haben. Sie war nicht schlank, ihr Faltenrock saß schief an der kugelförmigen kleinen Gestalt, und sie hielt sich mit beiden Händen an einem billigen Krokotäschchen fest, von dem Viktor wusste, dass sie es von ihrem Mann zur Goldenen Hochzeit geschenkt bekommen hatte. Ihre großen, wässrig blauen Puppenaugen blickten sorgenvoll.

»Sie müssen ihn endlich begraben, hören Sie?«, wiederholte sie immer wieder, während sie nach Milch, Zucker und Keksen griff.

Tante Hedwig klopfte ihr sanft auf die speckigen, rund nach vorne hängenden Schultern. »Aber, aber«, sagte sie. »Frau Vogelwild. Sie wissen doch, dass das nicht geht.«

Kummervoll schaute die kleine Frau zu ihr auf. Krümel im Mundwinkel.

Julia wollte etwas sagen, aber Viktor winkte ab. »Ja«, fiel er ein. »Erst muss er mal gestorben sein, Ihr Erwin. Dann können wir ihn eingraben.«

Frau Vogelwild schaute von einem zum anderen und blinzelte. »Kann man denn da gar nichts machen?«, fragte sie und ließ ratlos das Schloss ihrer Handtasche auf- und zuschnappen.

»Nein«, sagte Viktor, »gar nichts.« Er legte ein angemessenes Bedauern in seine Stimme, warf seiner Tante einen Blick zu und tippte auf seine Armbanduhr.

Sie verstand. »Ach was, Frau Vogelwild«, fiel sie ein, »wer wird denn gleich so schwarz sehen. Wir trinken jetzt noch einen schönen Kaffee miteinander, nicht wahr? Und Sie erzählen ein bisschen. Ich hab auch frischen Pflaumenkuchen.« Hedwig nickte Viktor zu, der seinerseits Julia ein Zeichen gab. Ohne Abschiedsgruß gingen sie hinaus.

»Mit Sahne?«, hörten sie Frau Vogelwild noch fragen. Ihre Stimme klang schon viel hoffnungsvoller.

»Sie kommt alle paar Monate mal vorbei«, erläuterte Viktor, ehe Julia fragen konnte. »Ihr Erwin ist puppenmunter, aber manchmal scheint sie einfach sehr unzufrieden mit ihm zu sein. So ist das wohl, wenn man über fünfzig Jahre zusammenlebt, schätze ich.«

»Und da kann man gar nichts machen?«, fragte Julia. In ihrer Stimme lag eine ferne Ahnung von etwas, was sie alles noch nicht erlebt hatte.

»Nein«, sagte Viktor, genauso nachdrücklich wie eben. »Gar nichts.«

Angesichts von Julias Hemmungen beschloss Viktor, den Besuch bei Frau Hammer vorzuziehen, damit sie das

Schlimmste hinter sich hatten. Sie parkten den schwarzen Firmenwagen neben einer Ligusterhecke, die eine Reihe von Mehrwegtonnen und ein kleines Gartenhäuschen verbarg. Wo der Garten hätte sein können, stand ein Carport.

Frau Hammer öffnete die Tür mit dem Strohgesteck, an dem modische Eulen aus Holz baumelten und verschränkte die Arme, noch ehe sie Guten Tag sagen konnten. Julia hielt sich hinter Viktor und die Hände fest um die Ordner mit den Sargfotos geklammert. Viktor übernahm die Vorstellung.

Frau Hammer bat sie in ein Wohnzimmer mit Fototapete von New York, Trimmrad und Kachelofen. Sie setzte sich auf ein modisches graues Sofa und überließ es den beiden, sich selbst einen Platz zu suchen. Beide wählten jeweils eine vorderste Sesselkante.

Demonstrativ zündete Frau Hammer sich eine Zigarette an und stieß den Rauch steil nach oben aus wie eine Femme fatale. »Damit Sie sich nicht zu viele Hoffnungen machen«, begann sie. »An diesem Begräbnis werden Sie nicht viel verdienen. Ich sehe gar nicht ein, dafür noch Geld auszugeben.«

Sie schaute von einem zum anderen, als erwartete sie eine Reaktion auf ihre Provokation. Viktor trat auf Julias Fuß, als er ihr Luftschnappen hörte, und schlug betont sachlich seinen ersten Ordner auf. »Sehr gut«, sagte er mit möglichst neutraler Stimme. »Dann werden wir schnell durch die notwendigen Fragen kommen. Ich nehme an,

Sie wünschen eine Feuerbestattung?« Jetzt hob er den Kopf und schaute ihr ins Gesicht.

Frau Hammer war eine Frau von Mitte fünfzig, die ihre Haare in einem hennaroten Pagenkopf trug, der so exakt geschnitten war, dass er beinahe nicht echt wirkte. Sie trug eine große, auffallende Modeschmuckkette, an der ihre freie Hand herumspielte. Ihr Gesicht war so stark gebräunt, dass Viktor sich unwillkürlich an den Artikel erinnerte, den er neulich im Internet gelesen hatte. Das zwanghafte Besuchen von Sonnenbanken, stand dort, war inzwischen offiziell als Sucht anerkannt, und es gab bereits den ersten Selbsthilfeverein. Anonyme Bräuner, oder wie der geheißen hatte. Zum ersten Mal beschlich ihn der Verdacht, dass die Schäden an Herrn Hammers Leiche nicht ausschließlich auf den Fahrzeugbrand zurückzuführen waren. Allerdings roch Frau Hammer besser, nach Kokos. Ihr Leben schien ein einziger Urlaub zu sein. Sie verzog keine Miene, ihr gegerbtes Gesicht blieb unverändert. Nur an ihren Augen sah er, dass sie nervös war. Wie ein Teenager, der fürchtete, bei etwas Verbotenem ertappt zu werden. Er beschloss, ihr den Gefallen nicht zu tun.

»Gibt es da Preisunterschiede?«, fragte sie, »bei den Krematorien?« Und sie sog an der Zigarette mit einem Mund, auf den von allen Seiten die hart gebräunten Falten zuliefen.

»Wir werden das preisgünstigste auswählen«, versprach Viktor. »Holland oder Tschechien haben da meistens die besten Angebote.« Er notierte etwas. »Auf eine Aussegnungsfeier verzichten Sie?« Er notierte ihr Nicken. »Und das Urnenmodell...?« Er vollendete den Satz gar nicht erst.

»Das billigste, ja«, fauchte sie und drückte die Zigarette aus. »Oder das hässlichste. Aber das wird wohl dasselbe sein.«

Viktor, der gerade die entsprechende Seite in seinem Ordner aufschlug, um ihr der Ordnung halber das Bild des Modells »Ruhe sanft« zu zeigen, musste einen Moment beinahe lächeln. »Nicht unbedingt«, sagte er. »Ich könnte Ihnen da ein paar ausgesucht scheußliche Sachen zeigen, die in der obersten Preiskategorie rangieren. Es war schon immer etwas teurer, einen«, er räusperte sich, ehe er ironisch fortfuhr, »besonderen Geschmack zu haben.«

Sie griff nach einer neuen Zigarette und erwiderte sein Lächeln. Es lag eine gewisse Anerkennung in ihrem Blick, als sie den nächsten Zug nahm. Durch den Rauch hindurch musterte sie ihn eingehend.

Viktor bemerkte, dass Julia unruhig wurde und fuhr einen Tick lauter fort. »Kommen wir zur Beerdigung.«

»Sie können gerne kommen«, sagte Frau Hammer, und in ihrer Stimme lag ein Gurren. »Ich allerdings werde nicht dabei sein.«

»Kein Redner, kein Blumenschmuck, kein Gottesdienst.« Häkchen, Häkchen, Häkchen. »Eine Anzeige wird dann wohl auch nicht benötigt«, begann er gerade.

Doch überraschenderweise unterbrach sie ihn. »Oh, doch, doch. Eine Anzeige braucht es unbedingt.« Sie hob die Hand mit der Zigarette und malte lebhaft die Schrift in die Luft. »Wir nehmen Abschied von unserem geliebten Lehrer. Lisa, Lara, Laura, Lena und all die anderen Minderjährigen, die er begeistert gefickt hat.«

Es war sehr still im Wohnzimmer. Sie hörten eine Uhr ticken, die nicht zu sehen war. Und in der Küche lief die Spülmaschine. Ein Knacken verriet, dass die Heizung angestellt worden war, schon im Oktober. Frau Hammer hatte wohl das Bedürfnis nach ein wenig Wärme. Draußen setzte Lärm ein; ein Kind auf einem Bobbycar sauste vorbei. Sie warteten, bis das laute Dröhnen der Plastikräder auf dem Asphalt wieder abgeklungen war. Eine passende Antwort war Viktor allerdings immer noch nicht eingefallen.

Dadurch kam Julia ihm zuvor. »Sie wollen das doch nicht wirklich so drucken lassen, oder?«, fragte sie.

Frau Hammer wandte ihr den Kopf zu, es war das erste Mal, seit sie das Haus betreten hatten, dass sie Julia zur Kenntnis nahm. Vermutlich hatte sie im Lauf ihrer Ehe eine gewisse Fertigkeit darin entwickelt, junge Mädchen nicht zu bemerken. Aber offenbar schien sie nicht gewillt, diese Sportart weiter auszuüben. Sie verzog den Mund. »Wollen Sie auch genannt werden?«, fragte sie. »Sie haben das richtige Alter. Allerdings stand er mehr auf großbürgerlich, mit Klavier und ordentlichem Scheitel.« Ihr Blick glitt desinteressiert an Julias Dreadlocks ab.

Ehe Julia etwas erwidern konnte, warf Viktor ein: »Wie wäre es mit ›unserem geliebten Lehrer‹, und dann noch ein netter Satz, vielleicht ein Zitat.« Er beschrieb mit der Hand

Kreise in der Luft, als wollte er die Worte so Gestalt werden lassen.

»Non vitae, sed scholae discimus'«, schlug Frau Hammer vor und übersetzte selbstgefällig: »Nicht für das Leben, sondern für die Schule lernen wir«. Sie hatte eindeutig länger über die Situation nachgedacht.

Viktor kapitulierte und schrieb es auf. »Sollen wir dazusetzen: Von Beileidsbekundungen am Grab bitten wir Abschied zu nehmen?«

»Oh nein, sie sollen nur alle kommen. Ich stelle es mir allerliebst vor, wie sie sich gegenseitig zur Kenntnis nehmen und anfangen zu zählen. Dann sind am Ende die Tränen sogar echt.«

»Urnengrab oder anonyme Bestattung?«, fragte Viktor der Form halber.

Julia hatte sich vom ersten Schock erholt. »Macht es Ihnen denn gar nichts aus, dass Ihr Mann Krebs hatte?«

Frau Hammer sah aus, als würde sie ihr den Kopf abbeißen wollen. »Ach, wie süß«, sagte sie dann. Sie wandte sich wieder Viktor zu. »Anonym.« Sie schien nicht mehr viel sagen zu wollen.

Viktor schrieb auch das getreulich auf. Schließlich, während er schon alles zusammenpackte, erkundigte er sich beiläufig: »War ihr Mann eigentlich 1988 schon Lehrer?«

»Wieso?«, kam es gallig zurück. »Hat Ihre Mutter ihn mal erwähnt?« Als er nichts darauf erwiderte, fügte sie widerwillig hinzu: »Da war er noch Student. Er hat 1990 angefangen, in Fürth.« Sie drückte ihre Zigarette aus. Es war klar, dass sie das Gespräch nicht fortsetzen wollte. »Das war wohl seine Version von ›Don't fuck where you eat‹.«

Viktor stand auf, willig, selber zur Tür zu finden. Mit einem Seitenblick versuchte er, Julia zu einem schnellen Aufbruch zu überreden. Aber sie wirkte verwirrt. Er kannte das. Wenn man jung war, dann wirkten vergiftete häusliche Atmosphären lähmend auf einen. Es war ihm vor zehn Jahren zu Hause genauso gegangen. Wie ein Schlafwandler hatte er sich gefühlt, jeden einzelnen Tag. Zu seiner Erleichterung schlich sie brav an seine Seite. Erst im letzten Moment fiel es ihr ein, und sie zupfte ihn am Ärmel. »Ja, aber wollten wir nicht fragen, ob ihr Mann im Kloster Trubenbronn war?«

Viktor zuckte zusammen.

Frau Hammer lachte im ersten Moment. »Kloster? Schätzchen, wenn es einen Ort gibt, an dem ich meinen Mann nie vermuten musste, dann...« Sie verstummte. Musterte Julia. Dann Viktor.

Der beeilte sich. »Danke, wir haben dann alles.«

»Wieso stellt die da private Fragen über meinen Mann?« Frau Hammers Miene verdüsterte sich im Sekundentakt. Offensichtlich begann sie sich zu fragen, wer sie waren, und was sie von ihr wollten. »Sie haben ihn gekannt, oder? Sie haben diesen Hundesohn gekannt!«

Viktor versuchte, der Situation zu entkommen, indem er ihr seine Geschäftskarte in die Hand drückte. »Hier, bitte sehr. Für alle Rückfragen.«

Aber die Frau interessierte sich nicht für ihn, nicht mehr. Sie starrte Julia an. »Du kleines Miststück.« Zunächst flüsterte sie beinahe. Dann wurde ihre Stimme immer lauter. »Du kleine, dreckige Schlampe, du, ich werd' dich ...«

Ehe Schlimmeres passieren konnte, packte Viktor Julia und eilte, das Mädchen an der Hand, die Ordner unter dem Arm, aus der Wohnung. Er stolperte über herumliegende Schuhe, kippte nach vorne, rappelte sich im letzten Moment auf und knallte mit der Schulter an den Türrahmen. Frau Hammers Beschimpfungen verfolgten sie. Der Strohkranz tänzelte wie wild, als die Holzeulen sich in Julias Dreadlocks verfingen. Sie fielen mehr, als dass sie liefen, die drei Stufen hinunter, wischten die letzten Blüten von Rosenbüschen, traten einen gelben Sack um, dessen Inhalt sich auf dem Gartenweg verteilte und erreichten schließlich das Auto.

Viktor knallte die Tür zu. »Uff.« Er lehnte sich zurück.

Julia zupfte sich die Eulen aus dem Haar. »So eine Dreckskuh!«, schimpfte sie. »Ich hab doch nur ...«

Gebieterisch hob Viktor die Hand. »Keine Schimpfwörter mehr«, verlangte er. Ihm klang Frau Hammers Stimme immer noch in den Ohren. Er wusste gar nicht, dass Frauen, gar ihres Alters, über dieses Vokabular verfügten. »Keine Flüche, keine Schlampen, keine ...« Er wollte es nicht wiederholen.

»Was denn?«, bockte Julia. »Wäscht du mir sonst den Mund mit Seife aus?«

Sie zuckten zusammen, als es knallte. Frau Hammer, in

ihrem Rachedurst noch nicht befriedigt, war ihnen nachgekommen, hatte den geschändeten Müllsack entdeckt und die Reste mit Karacho gegen das Auto geknallt. Halb geleerte Milchtüten und Joghurtbecher schrammten über den Lack. Dann entdeckte sie das liegengebliebene Bobbycar des Nachbarkindes.

Es gelang Viktor gerade noch, zu starten und aufs Gas zu drücken. Der Wagen sprang förmlich aus der Parklücke, verfehlte knapp den riesigen Pseudojeep vor ihnen und fuhr aufjaulend an, als die Lehrergattin ausholte, um das Spielzeugauto gegen das Heck zu dengeln.

Viktor hoffte, dass keine Kratzer in Onkel Wolfgangs heiligem Lack entstünden. Dann schaltete er hoch.

Zehn Minuten später saßen sie Seite an Seite und schwiegen, während der Wagen friedlich durch die Waschanlage zuckelte. Männer mit Wasserschläuchen, Lederfeudel, rotierende Walzen, die ihnen den Blick auf die Außenwelt endgültig raubten.

»Das war mal ein kluger Schachzug«, sagte Viktor gallig.

Julia starrte auf das Seifenwasser, das in Schlieren an den Scheiben hinunterlief. »Das ist so spießig«, konterte sie. »Und dann noch mit Unterbodenwäsche.« Ihre Finger spielten mit der letzten kleinen Eule. Dann kam das Hartwachs, sicherheitshalber.

16

»Legen Sie Ihre persönlichen Gegenstände bitte in den Korb«, sagte der Beamte, der sie in der JVA durch das Besucher-Prozedere lenkte. Sie hatten bereits ihre Ausweise gezeigt und Antragsbögen ausgefüllt. »Keine Handys, Tablets oder andere Kommunikationsgeräte. Keine Waffen, kein Bargeld...«

»... und keine Drogen«, fiel Viktor ihm ins Wort, um all die Langeweile mit einem Scherz aufzulockern.

»Du«, sagte Julia plötzlich. »Ich muss mal aufs Klo.«

»Nee, jetzt, oder?«, antwortete er ohne hinzusehen, und kramte in den Hintertaschen seiner Jeans. »Du warst doch vorhin erst im Café.«

»Nein, im Ernst.« Sie zupfte an seinem Ärmel und schaute ihn an. Schaute so lange, bis Viktor der Schweiß ausbrach und der Ärger heiß in ihm hochstieg. Er versuchte, sie diskret zur Seite zu nehmen. Aber in dem kahlen Raum mit den Neonröhren, in dem schon das Reiben der Socken an der Wade widerhallte, war das unmöglich.

»Du hast doch nicht wirklich...? Ins Gefängnis? Bist du irre? Aber du wusstest doch...« Er schnappte nach Luft.

Der Vollzugsbeamte grinste und streckte die Hand aus. »Wenn ich dann mal dürfte«, sagte er.

Julia ließ den Kopf hängen. Ihre Rechte schloss sich fest um das Tabakpäckchen in ihrer Tasche.

Viktor fasste es noch immer nicht. »Du hast einen Joint mit in den Knast gebracht?! In den Knast?!«

»Ist wie Eulen nach Athen tragen«, sagte der Beamte und winkte mit den Fingerspitzen, wie er das in amerikanischen Serien gesehen haben musste, bis Julia ihm den Tabak aushändigte. Das Piece darin war leicht zu ertasten.

»Ich wusste nichts davon«, platzte Viktor heraus. »Ehrlich! Ich hab nichts damit zu tun, Officer.« Auch er schaute US-Vorabendserien. Dann besann er sich. Er straffte sich mit einem Mal, trat vor und erklärte mannhaft: »Das ist meines.« Er musste sich beherrschen, um nicht die Hände für das Anlegen der Handschellen vorzustrecken.

»Nö«, sagte der Beamte, prüfte das Klümpchen Hasch, wickelte es sorgfältig in ein Taschentuch und steckte es ein. Dann legte er den nunmehr unverdächtigen Tabakbeutel zu den anderen Sachen in den Korb. »Das ist meines.« Er schaute von einem zum anderen. »Abweichende Ansichten? Oder ist euch eine Anzeige lieber?«

Julia schüttelte den Kopf. Viktor öffnete den Mund.

Der Beamte blinzelte. Viktor schwieg. Besser als eine Anzeige, dachte er und seufzte, wie seine Tante geseufzt hätte. Die Welt war schlecht.

Zu diesem Schluss schien auch Dimitri Volkov gekommen zu sein, vermutlich irgendwann zwischen seinem fünften und sechsten Geburtstag. Er hatte trotz seines Alters ein

Jungengesicht, wie man es aus den fünfziger Jahren kannte: rundköpfig, sommersprossig, stupsnasig, mit weit auseinanderstehenden Augen, einem breiten Mund und stoppelkurzen Haaren darüber. Daran änderten auch die papierdünnen Faltenkränze nichts, die sich um seine Augen zogen. Und die roten Adern auf seiner Nase. Er würde vermutlich sein Leben lang aussehen wie ein nie erwachsen gewordener Lausbub, der barfuß durchs Dorf rannte, noch vor dem Lesen das Rauchen lernte und die Hühner ärgerte. Der dann in ein anderes Land umzog, in eine Stadt, dort die einzigen Freunde fand, die er kriegen konnte und sich an sie hielt. Der jetzt Dope vertickte und feindliche Banden verdrosch. Der Letzte, den er sportlich zurechtgewiesen hatte, war daran gestorben.

Dimitri war einer von dreien gewesen. Er war der Einzige gewesen, der die Schuld nicht auf einen anderen geschoben hatte. Vielleicht war er auch wirklich derjenige gewesen, der dem Opfer mit schweren Stiefeln den Kopf zertreten hatte. An seinem Kindergesicht war das nicht abzulesen. Nur seine Augen, die schauten irgendwie – Viktor fand kein Wort dafür.

Dimitri wusste, dass er hier lange Zeit nicht herauskommen würde. Und wenn es so weit wäre, würde alles weitergehen wie bisher. Dope, Dresche, Dorf als ferne Erinnerung. Seine Haltung war trotzig, aber das war reine Gewohnheit. Er erwartete nichts mehr. Die guten Zeiten waren kurz gewesen und würden nie wieder zurückkehren, nicht die Sommer, das Angeln mit den selbstgebastelten Schnüren nicht, und auch nicht der Geschmack der ersten Selbstgedrehten, während der Rauch einem in die mannhaft zugekniffenen Kinderaugen stieg und die anderen anerkennend lachten. Sieben geworden, und die Sache war gelaufen. Vielleicht war es das, was Viktor in seinem Blick las.

Julia mochte ihn auf Anhieb. Sie hätte ihm die Hand gegeben, doch trennte sie eine Glasscheibe mit kleinen Löchern in der Mitte, die ein Gespräch erlaubten.

Dimitri kannte sie nicht; er hörte ihnen zu, aber sein Blick blieb verschlossen, bis sie Ruth Weidner erwähnten.

»Ruth«, wiederholte er lebhaft. Sein ›R‹ rollte, und seine Aussprache war kehlig. »Ich erinnere mich an Ruth.« Es zog etwas wie der Anflug eines Lächelns über sein Gesicht, während er auf seine Hände schaute.

»Sie waren ihr Freund«, sagte Viktor. »Damals in der Dreizehnten.«

Dimitri schüttelte den Kopf. »Peter war ihr Freund. Ich war nur...« Er suchte ein Wort, fand es nicht und zuckte mit den Schultern. »Gewohnt, nichts Großartiges zu sein.«

»Aber Sie haben doch...«, fiel Julia ein.

Viktor unterbrach sie: »Eine Freundin von Ruth hat uns erzählt, dass Sie eine Weile zusammen waren. Sie erinnert sich gut an Sie.«

»Gut«, wiederholte Dimitri und gab einen Laut zwischen Lachen und Schnauben von sich. Es schien ihm unwahrscheinlich, dass sich überhaupt jemand an ihn erinnerte. »Ich dachte nicht, dass sie es jemandem erzählen würde.«

Er machte eine Pause. »Ruth, meine ich. Sie ist zweimal mit mir mitgegangen. Nach dem Sport. Am Nachmittag. Wir sind an der Pegnitz entlang und haben geredet.«

»Worüber haben Sie geredet?«, fragte Julia. In ihrem Alter interessierten einen solche Dinge noch. Viktor hätte sich lieber mit dem beschäftigt, was nach dem Reden geschah.

Dimitri schaute sie an. »Ich habe angegeben«, sagte er. Wieder das Schnauben. »Hab mich aufgespielt.« Er ballte die Faust, wie um es zu demonstrieren. Aber sein Blick war weich. »Ich war so aufgeregt, nie hätte ich gedacht, dass Ruth...«

Viktor unterbrach ihn. »Haben Sie mit ihr geschlafen?«

Dimitri kniff die Augen zusammen. Jetzt sah er aus wie eine wütende Katze. »Fick dich selber«, sagte er.

Julia sprang ein. »Wir meinen nur«, sagte sie schnell, »weil Ruth Weidner schwanger wurde in diesem Schuljahr.«

Nun waren Dimitris Augen weit aufgerissen. Sie waren hell, ein wenig grün, ein wenig braun. »Schwanger«, wiederholte er, mit seinem Akzent eines russischen Mafioso.

»Ja«, bestätigte Julia. »Sie hat einen Sohn bekommen. Clemens. Er ist, er war mein Freund.«

»Einen Sohn.« Dimitri Volkov befand sich nicht mehr im selben Raum wie sie. Es dauerte eine Weile, bis er wieder Notiz von ihnen nahm. Er saß jetzt aufrecht da, seine Schultern hingen nicht mehr, aus seiner ganzen Gestalt war das Resignierte verschwunden. »Mein Sohn«, sagte er, eifrig und voller Ehrfurcht. »Mein Sohn, ja. Das ist bestimmt mein Sohn. Sie war auf einmal fort, ich dachte, wegen mir.« Sein Gesicht verdüsterte sich wieder. »Ein Mädchen wie sie bleibt nicht bei einem wie mir.«

»Haben Sie sie damals vergewaltigt?«, fragte Viktor scharf.

»Fick dich selber«, sagte Julia an Dimitris Stelle. Sie legte ihre Hand an die Glasscheibe.

Dimitri Volkov erwiderte die Geste nicht. Was Viktor angemessen fand für einen, der andere Leute tottrat. Es söhnte ihn ein wenig mit der Situation aus.

»Sie ist weg, damit niemand von dem Kind erfuhr«, sagte Julia weich. »Sie wollte, dass ihr keiner reinredet. Sie ist sehr stolz. Sie hat ihren Sohn ganz alleine großgezogen.«

Volkov strahlte. Viktor, der sich eher daran erinnerte, dass Ruth Weidner laut Julias anderen Erzählungen eine überbeschützende Mutter und Nervensäge war, wurde das Ganze zu gefühlig.

Aber das Lächeln auf Volkos Gesicht verschwand ganz ohne sein Zutun wieder.

»Sie ist sicher weg wegen mir«, sagte der. »Sie wollte bestimmt kein Kind, nicht von mir. Nicht von... Ich habe nie verstanden, was sie überhaupt von mir wollte. Eine wie sie.« Eine Weile verlor er sich in Erinnerungen. »Sie war das Beste, was mir je passiert ist. Und dann war sie weg.« Er verstummte. Seine Faust schloss und öffnete sich.

»Dimitri«, versuchte Julia es.

Aber er starrte ins Leere.

»Sie hatten danach also keinen Kontakt mehr zu Ruth Weidner?«, versuchte es Viktor, dem diese Sätze irgendwie bekannt vorkamen.

Dimitri antwortete nicht. Viktor stupste Julia an und stand auf. Hier war nichts mehr in Erfahrung zu bringen.

»Das Kind«, fragte Dimitri, als er begriff, dass sie aufbrachen. »Der Junge. Geht es, geht es ihm gut?«

Viktor, schon an der Tür, drehte sich noch einmal um. »Er ist tot«, sagte er und ging, um nicht zu sehen, wie Dimitri Volkov in sich zusammensank, ein Mann, der nichts, wirklich gar nichts mehr von diesem Leben erwartete.

»Das war gemein«, sagte Julia, als sie ihre Sachen wieder entgegennahmen. Der Beamte war ein anderer.

»Der Typ schlägt Menschen tot«, sagte Viktor. »Er und seine Freunde. Die betreiben das als Freizeitbeschäftigung.«

»Aber nicht Clemens.« Julias Ton war fest. »Clemens würden sie nichts tun.« Sie schaute ihn an, hoffnungsvoll: »Oder?«

Wie jung konnte man sein?

17

»Schon komisch«, sagte Julia und biss in ihr belegtes Fladenbrot. »Also so zu essen in einem Leichenwagen, meine ich.«

»Das machen wir immer in der Mittagspause.« Allerdings nicht auf dem Parkplatz eines öden, überteuerten Ketten-Cafés, dachte Viktor wehmütig. Sondern mit dem guten Gebäck von Miriam und einem Lachen von ihr oder einem kleinen, netten Streit. Im Grunde stand sie doch drauf. Aber seit Miriam mit Friedhelm Werth zusammen war, war ihr Café für ihn verbotene Zone. Zumindest hatte er es sich so vorgenommen. Und das zog er jetzt durch, auch wenn sie ihn nicht so schmerzhaft zu vermissen schien, wie er gehofft hatte.

Na gut. Okay, er hätte sie nicht nach der ersten Nacht aus seinem Bett werfen dürfen. Und er hätte vielleicht nicht erwähnen sollen, dass sie für seinen Geschmack zu viel auf den Hüften hatte. Auch wahr. Reden war Silber. Aber über diesen Friedhelm, da würde er jetzt mit ihr reden müssen. Er war vielleicht kein Mörder. Oder Unfallfahrer. Aber ein Arschloch war er bestimmt. Möglicherweise ein verheiratetes dazu. Das hieß, für ihn, Viktor, war er *auf jeden Fall* ein Arschloch, für Miriam dagegen nur, falls er wirklich verheiratet war. Dass ihm das nicht früher klargeworden war. Mist. Er hätte sich nicht in die Sache mit der verbrannten Leiche verrennen dürfen. Er hätte stattdessen einfach checken müssen, ob der Typ nun eine Frau hatte oder nicht. Von hier aus sah er das so was von deutlich. Ehe er das nicht sicher wusste, konnte er unmöglich mit Miriam reden. Trotzdem zog er sein Handy aus der Tasche und drückte die Kurzwahl für ihre Nummer. Einsichten waren eine Sache, Gefühle eine andere. Die Mailbox ging ran. Er legte auf. Besser so. Wie gesagt, es wäre unklug, ohne Beweise vor sie hinzutreten. Aber wann war Liebe schon klug, sinnierte er und biss in eine vertrocknete Kirschtasche. Laut sagte er: »Brösel nicht.«

Julia guckte aus dem Fenster. »Da, der da hat ein Kreuzzeichen gemacht.« Sie bleckte die Zähne gegen den Passanten, was dank der Tomate, die noch dazwischenhing, vampirischer aussah, als sie gedacht hatte. Der Mann bekreuzigte sich noch einmal und ging rasch davon. »Ich fass es nicht.«

Viktor lachte trocken. »Du hättest dabei sein sollen, als Onkel Wolfgang auf der Rückfahrt von diesem holländischen Krematorium beschlossen hatte, die Übernachtungskosten zu sparen.« Er biss ab und kaute. »Er hat sich hinten in den leeren Sarg gelegt. War seine Größe, flach, gut gepolstert. So weit alles gut. Bis dann die Polizei auftauchte, weil jemand angerufen hatte, da stünde auf der Autobahnraststätte etwas Seltsames herum. Sie gingen um den Wagen, versuchten reinzuleuchten mit ihren Taschenlampen, und klopften schließlich an die Scheibe.«

»Und?«, fragte Julia.

»Onkel Wolfgang hat sich aufgerichtet.« Viktor biss einen neuen Happen ab. »Mehr brauchte er nicht zu tun.«

Das Mädchen kicherte. »Ist schon ein komischer Beruf, den ihr da habt.«

»Komisch sind nur die Leute.« Viktor wischte sich die Brösel aus den Mundwinkeln. »Tun, als wären sie unsterblich. Da, schau. Die glauben auch, sie würden ewig leben.«

Sie hatten vor dem Haus des Architekten Peter Pohl geparkt, um die Dinge ein wenig in Augenschein zu nehmen. Viktor wollte nicht wieder in eine Situation geraten, die sie zur Flucht zwang. Besser, sie bekamen einen Eindruck von dem, was sie erwarten mochte.

Was dort auf sie wartete, war ein gestalterisch überambitioniertes Gebäude – einfach nur Haus dazu zu sagen, hätte die Sache nicht getroffen; mit einem schlichten Vier-Wände-Würfel mit rotem Dach und Schornstein, wie Kinder ihn zeichneten, hatte dieses Objekt maximal wenig gemein. Dazu eines dieser Autos – Viktor nannten sie Arschlochkarren –, die man neuerdings unbedingt brauchte, wenn man beim Bäcker zwei Semmeln holen wollte. Und wenn man spontan noch eine Brezel dazu nahm: kein Problem, ging alles noch mit rein, ganz ohne Anhänger. Offenbar lebte auch Peter Pohl gerne spontan und neigte nicht dazu, den eigenen Platzbedarf zu unterschätzen. Seinem Pseudo-Offroad-Panzer fehlte vermutlich bloß noch der Pool. Daneben glänzte, nur scheinbar bescheiden, der obligatorische Mini Cooper. Gattin, mutmaßte Viktor. Oder Tochter im ersten Studienjahr. Außerdem füllten die Dreifachgarage von den Ausmaßen eines mittleren Mietshauses noch ein Wohnmobil sowie diverse Fahrräder, denen diese Bezeichnung auch nicht gerecht wurde. Jedes einzelne kostete mehr als der gebrauchte Kleinwagen, den Viktor fuhr. »Sterblichkeit«, murmelte er und stieg aus.

»Böses, böses Vorurteil«, sagte Julia, die ihm folgte, ganz als könnte sie seine Gedanken lesen. »Pfui.«

Der Mann, der ihnen öffnete, war schmal, mit rotblonden graumelierten Haaren und zu hellen Wimpern. Er sah nicht unsympathisch aus. Viktors Laune sank weiter. Julia drückte seinen Arm. »Guten Tag«, sagte sie. Weiter schien sie die Sache aber noch nicht bedacht zu haben.

Viktor zog das Jahrbuch heraus, in dem die Abschlussklasse von Clemens' Mutter abgebildet war. »Entschuldigen Sie«, begann er. »Unsere Frage mag Ihnen vielleicht seltsam erscheinen. Aber Sie waren doch ein Schulkamerad von Ruth Weidner, oder?«

Es klickte energisch. Die Haustür vor ihnen war zu.

Viktor und Julia starrten erst das Holz an, es war in einem Braunton lackiert, der demnächst zweifellos modisch werden würde, vermutlich würde man Cappuccino dazu sagen, oder so ähnlich, dann betrachteten sie einander.

»Alles klar«, sagte Viktor.

Julia fehlten die Worte. Fragend starrte sie ihn an.

»Na, er war hier«, fuhr Viktor fort. »Clemens. Wieso sonst sollte der Typ so reagieren?« Er betrachtete die Tür fünf Zentimeter vor seiner Nase und stellte seine Sicht scharf. Den Buchstaben, die in seinem Geist tanzten, half das nicht weiter. »Schreibt man Cappuccino mit ch?«, fragte er.

»Hast du sie noch alle?«

»Ich meine nur. Oder glaubst du etwa ernsthaft, er ist immer noch sauer, weil Ruth ihn damals mit Dimitri betrogen hat?«

Plötzlich ging die Tür wieder auf. Peter Pohl hatte ihn entweder gehört. Oder er hatte nachgedacht. Seiner Miene war nichts davon zu entnehmen. Er lächelte, als wäre nichts geschehen. »Entschuldigen Sie«, sagte er. »Der Wind.«

»Sicher«, konnte Viktor es sich nicht verkneifen. »Der Wind.«

Einen Moment lang herrschte Schweigen.

»Ruth«, begann Peter Pohl dann. Er klang so gequält wie jemand, der den Zeugen Jehovas notgedrungen bestätigt, dass er Christ sei. »Geht es ihr gut?«

»Könnten wir drinnen darüber sprechen?«, schlug Viktor vor.

Pohl zog die Türe ein klein wenig weiter zu. »Ich habe gerade die Handwerker im Haus.«

»Verstehe.« Viktor wollte gallig fortfahren, da öffnete sich der Eingang wieder, diesmal weit. Eine Frau kam heraus, mit ihren Absätzen stöckelte sie über den Steinboden. Gleichzeitig schaffte sie es, ein extrem teuer aussehendes Paar Koffer zwischen ihnen hindurch zu manövrieren.

»Ich gehe dann«, sagte sie überflüssigerweise. »Die Möbel werden am Montag abgeholt. Ich habe Etiketten an denen angebracht, die mir zustehen.« Mit diesen Worten ging sie zur Garage. Sie stieg nicht in den Mini ein.

Viktor schaute ihr nach. »Ich hoffe, Sie haben Gütertrennung vereinbart«, meinte er. »Sonst werden Sie vermutlich demnächst in Ihrem Wohnmobil übernachten, was?«

Klick. Diesmal ging die Tür nicht wieder auf.

»Irgendwie«, sagte Julia auf dem Weg zurück zum Leichenwagen, »sind die Leute alle ziemlich mit sich selbst beschäftigt, oder?«

Viktor, der gerade seine Mailbox checkte, aber keinen Rückruf von Miriam darauf fand, drückte ihr flüchtig die Schulter. »Willkommen im Leben«, sagte er.

18

Das Telefonat zwischen Tante Hedwig und Miriam verlief lebhaft. »Ich möchte nicht, dass du dich aufregst«, sagte Tante Hedwig.

»Tu ich doch gar nicht«, sagte Miriam.

Das waren schon einmal zwei Lügen. Gleichstand.

»Ist Friedhelm gerade da?«, fragte Tante Hedwig.

»Nein.« Miriam warf einen Blick über die Schulter, wo ihr Freund gerade die Badewanne einließ, mit Schaum und Kerzen auf dem Rand, die er pfeifend anzündete. Er stand auf romantische Tableaus, was Miriam anfangs ganz entzückend an ihm gefunden hatte, sie aber zunehmend ermüdete. Es war eine Sache, bei Kerzenlicht zu baden, eine andere, am nächsten Tag das Wachs aus der Seifenschale zu kratzen. Wobei der Kratzteil immer an ihr hängenblieb.

»Dein Onkel Hoffmann hat ja auch nicht gesagt, dass es stimmt. Er hat nur gesagt, dass Viktor gesagt hat, dass Friedhelm das gesagt hat.« Tante Hedwig hielt kurz inne, um an den Fingern mitzuzählen, damit sie sich nicht mit den Berichtsebenen vertat.

Miriam nutzte die Pause, um leise zischend einzuwerfen: »Das ist doch alles Unfug, Hedwig. Friedhelm ist nicht verheiratet. Das wüsste ich doch.«

»Ich sag ja auch gar nicht...« Tante Hedwig war beleidigt. »Professor Hoffmann sagt nur, dass Viktor sagt...«

»Ein bisschen viel Gerede, findest du nicht?!«, erwiderte Miriam.

Die beiden schwiegen.

Tante Hedwig fasste sich zuerst. »Jedenfalls wird er früher oder später mit dir darüber reden wollen.«

»Wer?«, fragte Miriam.

Hinter ihr rief Friedhelm: »Honey, kommst du ins Wasser?« Er öffnete seinen Bademantel. »Es ist heiß«, rief er. Was stimmte, da er das Wasser meinte.

»Na, Viktor«, sagte Tante Hedwig. »Er wird es nicht lassen können und mit der Sache zu dir gelaufen kommen. Du weißt doch, wie er an dir hängt.«

Ja und nein, dachte Miriam, die sich noch gut erinnerte, mit welcher Raketengeschwindigkeit sich Viktor nach ihrer gemeinsamen Nacht verabschiedet hatte. »Da bin ich aber gespannt«, sagte sie.

»Das kannst du auch sein, Liebling.« Friedhelm hatte den letzten Satz auf sich bezogen. Er ließ sich in der Wanne nieder, das Wasser schwappte, wogte und brachte die Schwimmkerzen, die er außerdem ausgesetzt hatte, in leidenschaftliche Bewegung. »Das kannst du auch sein.« Er pfiff lauter. Es war ein Motiv aus Carmen.

»Und du weißt ja, wie Viktor ist. Er wird dabei maximal ins Fettnäpfchen treten.« Hedwig seufzte ihr Seufzen.

»Da sagst du was«, meinte Miriam. Zweimal die Wahrheit, wiederum Gleichstand.

»Jedenfalls, ich will nur, dass du vorbereitet bist.« Hedwig schwieg. Eine Lüge wurde nicht besser, wenn man sie ausschmückte.

»Weiß ich doch«, sagte Miriam. »Du musst dir keine Sorgen machen. Küsschen.« Sie war dabei aufzulegen.

»Sei nicht zu hart mit ihm«, rief Hedwig noch.

Und hätte Miriam ihr das versprochen, wäre es die dritte Lüge in Folge gewesen.

Aber sie legte auf. Schaute ins Bad, knubbelte am Gürtel ihres Bademantels herum. Konnte sich nicht entscheiden.

»Kommst du?«, drängelte Friedhelm Werth.

Und sie zog sich aus, glitt ins Wasser, fühlte die Wärme, sog den Duft ein. Jasmin und Patschuli. Ein bisschen üppig. Aber doch schön. Es war natürlich nichts dran, an diesem Gerücht. Gar nichts. Viktor war ein bösartiges Kind, das nicht erwachsen wurde. Eines, das alles haben wollte, was es sah. Hatte er eine Sache in der Hand und erblickte die nächste am Horizont, ließ er sie fallen, sodass sie zerbrach, und lief los. Das war die Wahrheit.

»Herrlich«, murmelte sie und versuchte, tiefer zu rutschen. Es war ein wenig kompliziert, die Beine unterzubringen, wenn man zu zweit in der Wanne saß. Und an den Knien zog es frisch.

»Ich liebe dich«, flüsterte Friedhelm und zog ihre Hand auf seinen Schwanz, der fröhlich im Seifenschaum dümpelte. Miriam sagte: »Ich dich auch.« Dann schoss sie auf einmal hoch, dass das Wasser überschwappte. »Ich hab was vergessen«, sagte sie, und stieg aus der Wanne.

Schaum lief an ihr herunter und tropfte auf den Boden, während sie lose ihren Bademantel überzog und in ihr Arbeitszimmer hastete. Der Computer war zum Glück noch an. Wenige Klicks, dann hatte sie erfahren, dass man den Familienstand eines Menschen über die Homepage des zuständigen Standesamtes erfahren konnte, per Anfrage. Na bitte.

Friedhelm im Bad war dazu übergegangen, ›L'amour est un oiseau rebelle‹ zu singen. Mit Text. Seine Stimme hallte sehr schön im Badezimmer wider.

Die Dokumentenmaske auf dem Bildschirm ging auf. Sie klapperte mit fliegenden Fingern über die Tastatur. Unter ihr sammelte sich eine kleine Pfütze.

»Mais si je t'aime«, trällerte Friedhelm, »si je t'aime, prends garde de toi.«

Er schien irgendetwas gefunden zu haben, was als Kastagnettenersatz funktionierte. Miriam hoffte, dass es nicht die Schatulle für ihr Diaphragma war.

»Schaaatz«, rief er klagend, lockend.

»Jaha«, gurrte sie in Zimmerlautstärke zurück. Der letzte Ton hatte etwas leicht Metallisches. Die Ansicht auf dem Monitor wechselte. Wollen Sie die Anfrage abschicken?, fragte das Programm. Natürlich wollte sie. Miriam hatte schon die Maus in der Hand, um auf »Bestätigen« zu klicken, da fiel ihr das Kleingedruckte ins Auge. Anfragen nach dem Familienstand gehörten zu der Klasse von Anfragen, die nicht ohne Weiteres beantwortet wurden wie die nach Geburtsdatum und Adresse, sondern sie bedurften einer schriftlichen Begründung. »Klassentreffen reichen zur Ermächtigung nicht aus«, stand dort in Klammern. Mist, das wäre ihre nächste Idee gewesen.

»Wo bleibst du denn?«

»Ich komme gleich«, rief Miriam gehetzt. Mist! Mist, Mist, Mist! Sie überlegte noch, wie sie das Problem lösen konnte, als sie las: »Über Nachfragen nach seinem Familienstand wird der Betroffene durch das Standesamt schriftlich informiert.« Miriam klickte auf »Herunterfahren«.

»Ich komme schon«, rief sie, stand auf, betrachtete traurig den feuchten Fleck auf dem Leder ihres Bürostuhls, der wohl nie wieder weggehen würde, und ging langsam zurück ins Bad.

Friedhelm zog sie ins Wasser. Sie kreischte: »Nicht, der Mantel!«

»Vergiss den Mantel«, murmelte er und schälte sie aus dem nassen Frottee, das ans Fußende der Wanne trieb. »Wir haben Wichtigeres zu tun. Wo waren wir stehen geblieben?« Er saugte sich an ihrem Hals fest.

»Du hast gesagt, du liebst mich.«

»Richtig«, knurrte er. »Und?«

»Und ich liebe dich auch«, flüsterte Miriam und hoffte, dass es wahr war.

19

Julia und Viktor warteten schon eine Stunde auf dem Flur vor den Büros der Mordkommission. Die Stühle waren ungepolstert. Der Linoleumboden stank. Die meisten Männer, die vorbeigingen, trugen einen Schnurrbart. Warum, fragte Julia sich, musste das so sein? Viktor, dem die Schnauzer schnurz waren, schlug ihr vor, einen Kaffee am Automaten zu nehmen, der neu aussah und fair gehandelten Biokaffee versprach, ein angesichts der Umgebung schier unfassbarer Umstand. Aber sie wollte keinen Kaffee. »Wie lange dauert das denn noch?«, nölte sie in genau dem Ton, den Hannah und er immer auf langen Autofahrten mit ihren Eltern angeschlagen hatten. »Ich sehe was, was du nicht siehst« war schon gespielt, die Benjamin-Blümchen-Kassetten alle gehört und das Ziel der Reise noch immer nicht in Sicht. Also gefühlte hundert Stunden nach Beginn der dreistündigen Fahrt.

»Ich wollte eh nicht hierher«, fügte Julia hinzu und baumelte mit den Beinen wie ein trotziges Kind.

Viktor fluchte. Jetzt hörte er in seinem Kopf die Titelmelodie von Benjamin Blümchen, ein Ohrwurm. Schöne Scheiße.

»Überhaupt habe ich mir das alles ganz anders vorgestellt. Die Polizei. Und die Suche nach dem Mörder. Alles.«

Benjamin Blümchen, wir sagen hallo... »Wieso?«, fragte Viktor desinteressiert. Er drückte die Hand auf das linke Ohr.

»Na, alles, was wir machen, ist rumzusitzen. Im Auto, auf Sofas, bei deiner Tante in der Küche.«

»Im Gefängnis«, fügte Viktor hinzu und fing sich den Blick einer vorbeilaufenden Beamtin ein. *Wir sind deine Freunde, wir lieben dich so.*

»Ich hab schon gedacht, dass wir mehr Action hätten. Verfolgungsjagden. Oder dass auf uns geschossen wird oder so.« Sie trat gegen ein Stuhlbein. Sie wusste, sie war ungerecht. Aber sie hatte Lust dazu.

»Du schaust zu viel Fernsehen.« Viktor gähnte. Aber davon gingen die Geräusche in seinem Kopf auch nicht weg.

»Das ist doch alles für den Ofen hier!« Julia redete sich in Rage. »Wir sind die letzten Loser. Total uncool.«

»Wenn du was Cooles brauchst, zeige ich dir nachher, wie man eine Analtamponade vornimmt. Mehr Action geht nicht.«

»Du bist doof«, sagte sie.

»Und du infantil.«

»Na und?«, fragte sie zurück und trat wieder gegen den Stuhl.

Dagegen wusste Viktor nichts zu sagen. Sie waren an einem Tiefpunkt angelangt. Da öffnete sich die Tür, und Karoline Schneid erschien. »Bitte«, sagte sie.

Julia stand schnell auf und drückte sich ohne aufzusehen an ihr vorbei in den Raum.

Viktor folgte langsamer. »Töröööčö«, sagte er.

Sie schaute ihn an, wie sie ihn immer ansah. Bingo!

Karoline Schneids erste Fragen zielten darauf ab, Julias persönliche Daten abzufragen. Das Mädchen lehnte sich in seinem Sitz zurück und verschränkte die Arme. »Mit der Bullerei red ich nicht, das muss ich nicht«, sagte sie.

Karoline lächelte. »Sie schauen zu viel fern«, stellte sie fest. Sie schob das Foto von Julia über den Tisch, das sie in Clemens Weidners Brieftasche gefunden hatte. »Sind Sie das?«, fragte sie. »Haben Sie ihm das Bild gegeben?«

»Das mit dem Fernsehen hab ich ihr auch schon gesagt«, fiel Viktor ein, der es vorgezogen hatte stehen zu bleiben und in einer Ecke an der Wand lehnte. Er hatte Miriams Nummer gewählt, aber wieder nur die Mailbox erreicht. »Erzähl ihr von den Pohls«, riet er, ohne zu den Frauen hinüberzublicken.

Karoline ignorierte seinen Einwand.

Julia ebenso, sie schwieg.

»Sie sind wann nach Nürnberg gekommen?«, erkundigte die Kommissarin sich stattdessen bei Julia.

Viktor fiel ein. »Sie ist gekommen, als die Polizei in Trubenbronn sie anrief, dass Clemens tot sei. Noch in der Nacht. Sie ist durchgefahren.« Noch einmal wählte er. Mit demselben Ergebnis. Er gähnte. »Aber wirklich interessant ist, dass wir gerade bei einer Familie waren, die auch

Clemens mit ziemlicher Sicherheit aufgesucht hat. Der Mann könnte sein Vater sein und ...«

Karoline ignorierte ihn. »Stimmt das?«, fragte sie Julia, die jetzt zumindest nickte.

»Sie sind also losgefahren nach dem Anruf, den Sie auf Ihrem Handy erhalten haben«, wiederholte Karoline Schneid. »Unter dieser Nummer.«

»Ja, sag ich doch«, antwortete Julia pampig. »Und die haben mich wie einen Idioten behandelt, wollten mir gar nichts erzählen.«

»Tja«, erwiderte Karoline Schneid. »Ich will ja nicht ausschließen, dass die Kollegen in Mittelfranken ein wenig wortkarg waren, aber eines wundert mich doch: Die Aufzeichnungen der Polizeistation in Trubenbronn bestätigen, dass man Sie angerufen hat, weil man Ihr Bild in Clemens Weidners Börse gefunden hatte und Sie für eine Angehörige hielt. Allerdings erfolgte dieser Anruf um acht Uhr dreißig. Vorher ist dort nämlich niemand, der Dienst schieben würde. Nicht mal, wenn man eine Leiche gefunden hat.« Sie machte eine Pause.

Julia schwieg.

Viktor schaute von seinem Handy auf. »Um noch mal auf die Pohls zurückzukommen«, sagte er.

»Und bei Familie Anders sind Sie wann angekommen?«, fuhr Karoline Schneid unerbittlich fort. »Zwölf Uhr? Das meinte zumindest Herr Wolfgang Anders, als ich ihn fragte. Oder ein wenig früher.« Sie machte eine Pause. »Frau Taubert«, fuhr sie fort.

Viktor horchte auf. Es war das erste Mal, dass er Julias Nachnamen hörte.

»Wie weit ist Flensburg von Nürnberg entfernt? Luftlinie sechshundert Kilometer?«

Viktor atmete scharf ein.

»Mit dem Auto sind das mindestens sechs Stunden...«

»...eher sieben«, unterbrach Viktor. »Ich musste da oben mal eine Urne anliefern für eine Seebestattung.« Er hielt inne und starrte Julia an.

»Tja«, wiederholte Karoline Schneid. Sie neigte den Kopf. »Flensburg–Nürnberg von halb neun bis zwölf, das können Sie unmöglich geschafft haben.«

»Ich Idiot«, rief Viktor aus.

Karoline Schneid schmunzelte. Doch schnell wurde sie wieder ernst. Sie neigte sich vor. »Frau Taubert«, sagte sie eindringlich. »Ich frage Sie noch einmal: »Seit wann sind Sie schon in Nürnberg?«

»Julia? Julia, was heißt das?« Viktor kam nach vorne an den Tisch.

Das Mädchen schaute von einem zum anderen und senkte dann störrisch den Kopf.

Karoline Schneid griff nach ihrem Notizbuch und blätterte. »Sie sind vorgestern in Flensburg aufgebrochen, gut zehn Stunden,« ihre Stimme war knapp und klar, »mehr als zehn Stunden sogar, bevor Clemens Weidner tot aufgefunden wurde.«

»Was willst du damit sagen?« Vor Schreck fiel Viktor wieder ins Du.

Ausnahmsweise wies Karoline ihn nicht zurecht. Sie behielt Julia im Auge.

Die kaute auf ihrer Lippe herum. Dann hob sie trotzig das Kinn. »Behauptet wer?«

Die Kommissarin tat, als müsste sie nach der Antwort in ihrem Büchlein blättern. »Behauptet Claudio Kastner«, sagte sie dann. »Ihr Freund.«

Stille.

»Ihr neuer Freund. Er behauptet außerdem, Clemens habe Sie verlassen, Julia. Erst letzte Woche. Hat Sie das traurig gemacht, Julia?«

»Karoline. Das ist jetzt aber wirklich...« Viktor wusste nicht, was er sagen sollte. Das war doch Julia, die Kleine, der er half, wenn auch widerwillig. Das Mädchen, das von seiner Tante bemuttert wurde, das bei ihnen auf dem Sofa schlief. Nervig, aber halt jung, Herrgott. Und das dort war Karoline, die er noch nie so gesehen hatte. Nicht so hart. Die Julia anstarrte wie eine Katze die Maus, die so dumm war, ihr Loch zu verlassen.

»Oder hat es dich wütend gemacht, Julia?«

Zu Viktors Entsetzen lächelte Karoline. Hätte er dieses Lächeln jemals zuvor gesehen, er hätte sich nie in sie verliebt. Mittlerweile flüsterte sie fast: »Hat es dich wütend gemacht, Julia, dass du verlassen wurdest? So wütend, dass du Clemens nachgefahren bist? Ihn zur Rede gestellt hast?«

»Scheiße, ihr Arschlöcher!«

Ungerührt von dem Ausbruch legte Karoline ein Dokument auf den Tisch. »Man hat Sie in dem Hostel gesehen, in dem Clemens Weidner abgestiegen ist, Frau Taubert. Der Hausmeister hat Sie erkannt. Auf dem Foto.«

»Ich wollte sehen, ob dort noch Sachen von ihm sind.«

»Die Gäste im Nachbarzimmer haben Stimmen gehört, einen Streit. Einen Mann und eine Frau.«

»Das muss jemand anderes gewesen sein.«

Karoline strich mit der Hand über ihre Unterlagen, sanft, nachsichtig. So klang sie auch, als sie fragte: »Was empfanden Sie wirklich für Clemens Weidner?«

Fassungslos schaute Viktor Julia an.

Die starrte nur stumm vor sich hin. Aus ihren offenen Augen liefen Tränen.

»Ich weiß gar nicht, wieso ich dich noch mitnehme.« Viktor war sauer, sein Fahrstil entsprechend. Zwar hatte er Julia in den Leichenwagen steigen lassen. Doch ob sie ihr Ziel lebend erreichen würden, stand in den Sternen. Überhaupt, welches Ziel? Wo sollte er denn mit ihr hin? Sollte er jemanden auf Tante Hedwigs grünem Troddelsofa schlafen lassen, der vielleicht einen Menschen auf dem Gewissen hatte? Jemanden, den Karoline Schneid nach eigener Aussage »im Auge behielt«? Das einzig Gute an der Sache war, dass Benjamin Blümchen aufgehört hatte, in sein Ohr zu tröten. Er bremste vor einer roten Ampel so heftig, dass sich die Autoschlange hinter ihm quietschend zusammenzog wie eine kaputte Ziehharmonika. Und kam zu einem Entschluss. »Sobald wir da sind, packst du deine Sachen und verschwindest.«

»Ich hab Clemens nicht umgebracht.«

Das ließ Viktor unkommentiert.

»Ich hab ihn doch geliebt.«

»Hah! Da hab ich aber gerade was anderes gehört.« Er setzte den Blinker, als wollte er den Hebel abbrechen.

Julia schaute ihn von der Seite an. »Ist dir das noch nie passiert, dass du zwei Menschen gleichzeitig gemocht hast?«

»Nie!«, sagte Viktor im Brustton der Überzeugung. Er wartete auf den Blitz, der in das Fahrzeug einschlagen musste. Falls es einen Gott gab, der Lügner strafte. Der Blitz blieb aus. Vorsichtig atmete er wieder ein. Verschluckte eine Fliege. Hustete.

Besorgt klopfte Julia ihm auf den Rücken. »Und überhaupt hat Clemens gar nicht mit mir Schluss gemacht. Sondern ich mit ihm.«

Viktor schnappte nach Luft. Es war eine große Fliege gewesen. Der Fahrer eines Opel hinter ihm hupte. Mit letzter Kraft zeigte Viktor ihm beim Überholen den Stinkefinger. Endlich brachte er heraus: »Da hab ich aber was anderes gehört.«

»Das hab ich doch nur gesagt.« Julia ließ den Kopf hängen. »Damit Claudio nett zu mir ist.«

Viktor schielte zu ihr hinüber. »Claudio also.«

Julia nickte.

»Da machst du also mit deinem Clemens Schluss und gehst dann zu dem anderen, um dich trösten zu lassen.« Er schüttelte den Kopf. Man durfte den Frauen echt nicht trauen. »Und das soll ich dir jetzt glauben?«

»Kannst es auch lassen«, meinte Julia düster und schaute aus dem Fenster.

Sie bogen vom Ring ab. Langsam wurde der Verkehr entspannter. Nach weiteren fünf Minuten waren sie in der ruhigen Wohnstraße mit den alten Häusern, in der das Institut Anders stand. Sie fuhren in die Garage. Viktor zog die Handbremse an. Er saß da und starrte auf das Lenkrad.

»Und wieso hast du dich überhaupt von ihm getrennt?«, fragte er aggressiv. »Wenn du ihn doch so mochtest.«

Julia zuckte mit den Schultern. »Mir war das echt alles zu viel. Dauernd der Stress mit seiner Mutter. Und dann die Sucherei nach dem Vater, ich mein, ich hab ihn ja verstanden. Aber irgendwie war das doch alles nicht mein Ding, sondern seines, verstehst du? Ich meine, schon der Besuch bei dieser Tussi da in Hamburg. War ja ein tolles Haus...«

»... so mit Ziegel, ich weiß«, warf Viktor ironisch ein.

»Ja, aber auch total spießig. Und wir saßen da das ganze Wochenende rum, echt. Dabei war das unser Jubiläum. An dem Wochenende waren wir fünf Monate zusammen.« Sie sagte es, als wären es Jahre. »Mit Claudio war alles viel lustiger.«

»Aber als er dann tot war, bist du doch gekommen«, stellte Viktor fest.

Sie nickte.

»Tja«, sagte Viktor.

»Brauchst du mir nicht sagen.« Sie öffnete die Autotür. »Wollen wir hier Wurzeln schlagen, oder was?«

Auf dem Weg zur Haustür war von Sachen packen nicht mehr die Rede. Viktor suchte nach dem Schlüssel. Er war fertig. »Sag mal«, fing er an. »Du hast nicht noch irgendwo ein Piece, oder? Was ich jetzt echt gebrauchen könnte, wäre ein guter Joint.«

Bei dem letzten Wort öffnete Tante Hedwig die Tür.

Sie marschierten an ihr vorbei in die Küche. »O nein«,

stöhnte Viktor, als er die kleine runde Gestalt erblickte, die dort saß und ihre Krokotasche knetete. Das war das Letzte, was er jetzt brauchte. »Guten Abend, Frau Vogelwild. Wieder mal auf Tour?«

Tante Hedwig schenkte ihm ein leidgeprüftes Lächeln.

Die alte Dame schaute von einem zum anderen. »Aber sie müssen ihn doch begraben?«

Zur Überraschung der beiden Anders trat Julia vor. »Ich bringe die Frau Vogelwild nach Hause«, bot sie an. Ihr Blick zu Viktor sagte, dass sie ihm das zu schulden glaubte. Ihm oder Clemens. Jedenfalls dem Leben.

Er antwortete mit einem Nicken. »Gut«, sagte er. Ein bisschen Zeit ohne Julia würde ihm guttun. Am liebsten ein bisschen Zeit ohne sie alle. Er schaute aus dem Fenster. Tobias hüpfte auf dem Trampolin. Hoch, höher, als gäbe es keine Schwerkraft. Verlockend. »Ich geh mal zu ihm«, brummte er.

Julia nahm Frau Vogelwild am Arm. »Dann gehen wir mal schauen«, sagte sie freundlich, »ob man da wirklich nichts machen kann.«

Die alte Dame schien erfreut.

Kopfschüttelnd, aber erleichtert schaute Hedwig dem ungleichen Paar nach. Ihr sollte es recht sein, sie hatte genug eigene Sorgen. Wolfgang redete nicht mehr mit ihr, obwohl das ja eher eine Erleichterung war. Und Miriam rief auch nicht mehr an. Mit Viktor müsste sie sich endlich aussprechen. Das allerdings fiel ihr schwer.

Verzagt trat sie hinaus in den Garten und sah eine Weile

zu, wie die beiden jungen Männer auf dem Trampolin sprangen. Konzentriert, schweigend, sich kräftig abstoßend, mal der eine in den Himmel hinaufspringend, mal der andere. Sie waren beide fast erwachsen, nein, Viktor war erwachsen, korrigierte sie sich. Das vergaß man nur so leicht. Und Tobias würde es wohl niemals werden. Beide sahen sie jung aus in ihren Augen, jungenhaft, jeder hübsch auf seine Weise. Der eine braungebrannt, mit springenden Locken. Der andere groß, schlank, die dunklen Haare ein seltsamer Kontrast zu der blassen Haut und den riesigen, unglaublich klaren Augen. Sie waren Brüder. Halbbrüder, korrigierte Hedwig sich wieder. Wolfgangs Söhne. Ihre Söhne, irgendwie, nun, da alle anderen tot waren. Ihre beiden Söhne. Sie seufzte.

»Viktor«, sagte sie, als sie vorsichtig näher trat und die Hand ruhig auf den gepolsterten Rand des Trampolins legte. Es vibrierte heftig, jeder Absprung ein Stoß, der es beinahe umzukippen schien. »Kann ich mal mit dir reden?« Sie musste den Kopf auf und ab bewegen, um mit ihm in Kontakt zu bleiben. »Es ist«, Kopf hoch, »wichtig.« Kopf ab.

»Was ist?«, fragte Viktor desinteressiert. Er sprang. Er war wie betrunken davon. Das war nicht schlecht, dieses Springen. Fast wie kiffen. Oder saufen. Man wurde süchtig danach und leicht im Kopf. Sogar Julia konnte er dabei vergessen. Und Miriam. Und Karoline. Tobias war gar nicht so dumm, wie er aussah. Jedenfalls hatte er die richtigen Hobbys.

Hedwig klang ungewöhnlich drängend. »Es ist wirklich wichtig.«

Überrascht hielt Viktor inne. Er war noch nicht routiniert, vergaß, die Knie zu beugen, wurde heftig von Tobias' nächstem Sprung nach oben geschleudert und geriet aus dem Lot. Nur mit Mühe konnte er verhindern, in hohem Bogen vom Trampolin zu fliegen. Er ruderte mit den Armen, strampelte und rettete sich schließlich mit einem Riesensprung knapp neben das Rosenbeet. Dort lag er auf dem Rücken, atemlos, zerschrammt, aber glücklich. Er lachte laut und zeigte Tobias den gereckten Daumen.

Hedwig stand ratlos über ihm. »Viktor«, fing sie an. Wie sollte man einem Jungen, der schon am Boden lag, erklären, dass sein Onkel sein Vater war?

Viktor setzte sich auf. »Jetzt weiß ich, wie Thekla sich immer fühlt«, konstatierte er, immer noch lachend, und klopfte sich das Gras von der Hose. »Ist aber gar nicht übel.« Zu Hedwigs totaler Verwunderung nahm er sie in den Arm und drückte sie.

»Viktor«, wiederholte sie verwirrt.

Da hatte er sie schon wieder von sich geschoben.

Hedwig versuchte, sich zu sammeln. »Ich muss dir etwas sagen. Etwas, das ...«

In dem Moment klingelte sein Handy.

»Geh nicht ran«, sagte sie, »nicht jetzt, bitte, ich ...«

Viktors gute Laune war ungebrochen. »Der Tod kennt keine Stunde«, singsangte er. »Moment. Anders und Anders, Sie sprechen mit Viktor Anders.«

»Hier ist Julia«, sagte eine dumpfe Stimme im Hörer. »Ihr solltet kommen. Zu Vogelwilds. Diesmal, fürchte ich, ist es wirklich echt.«

21

Viktor fand Julia mit Frau Vogelwild im Schlafzimmer, wo sie Hand in Hand standen und auf das Bett starrten, in dem mit offenem Mund ein alter Mann lag. Der Pyjama über seiner Brust war geöffnet und zeigte Wirbel grauen Haares auf einer Brust, deren Haut rau war wie ein gerupftes Huhn. Offenbar hatte Herr Vogelwild in seinen letzten Momenten nach Luft gerungen. Sie war ihm nicht gewährt worden, trotz der flehend gefalteten Hände der büßenden Magdalena auf dem Bild über ihm.

Viktor ging hinein, zog ein Laken über den Toten und öffnete das Fenster, um den Geruch nach Kot und Urin abziehen zu lassen. Die beiden Frauen schickte er in die Küche, Kaffee kochen. Einmal, weil der Duft von Kaffee die weniger angenehmen Noten des Todes zuverlässig überdeckte, zum zweiten, weil Kaffee zu kochen eine Tätigkeit war, die die meisten Menschen selbst unter Schock beherrschten. Sie taten wie im Traum, was sie immer taten. Und jeder Handgriff, jede Bewegung, die Normalität schaffte, war gut für sie.

Julia brachte ihm eine Tasse, die er auf dem Nachtkästchen abstellte. Zu seiner Überraschung half sie ihm dabei, die schmutzigen Laken zu entsorgen, fand in einer Schublade ein frisches und fasste, als er eine Schüssel mit Wasser holte, mit an, wusch dem Verstorbenen Gesicht und Arme. Er kümmerte sich um die verschmutzteren Teile. Danach deckten sie die Matratze, wo die Flecken sich nicht entfernen ließen, mit einem Badetuch ab und versteckten den frivolen Aufdruck mit Palmen und Papageien durch das frische Laken. Viktor ging in die Küche zu Frau Vogelwild, die wie ein Automat ihre dritte Tasse trank, und erfuhr von ihr, dass Herrn Vogelwild sein Hochzeitsanzug noch passte. Es war derjenige im Schrank, der in einer separaten Plastikhülle aufgehängt war. Julia suchte ein Hemd und eine Krawatte aus, dann lag er vor ihnen wie am schönsten Tag seines Lebens. Nur hagerer, grauer, stiller.

Endlich schaffte es auch Frau Vogelwild wieder, das Schlafzimmer zu betreten. Sie stülpte Socken über die nackten Füße mit den eingewachsenen Zehennägeln, zupfte und zerrte und weinte ein bisschen. Dann zog sie ihrem Mann die Schuhe an. Jetzt war er fertig.

»Noch nicht«, sagte Frau Vogelwild, ging in die Küche und kam mit einer Zitrone wieder, die sie dem Toten unter das Kinn klemmte.

»Jetzt ist der Mund geschlossen«, stellte Julia überrascht fest.

»Und es riecht gut«, sagte die alte Dame und faltete erst die Hände ihres Mannes und dann die eigenen. »So hat man das bei uns gemacht. Es kommen ja auch bald die Fliegen.«

»Sehr schön, Frau Vogelwild«, sagte Viktor, wie zu einem Kind.

Sie schaute ihn an. Ihre Augen waren rot, die Silberlöckchen zerdrückt. »Jetzt kann man wirklich nichts mehr machen, gell?«, sagte sie.

Und Viktor schüttelte den Kopf.

Eine Stunde später kam sein Onkel mit dem Sarg und eine Nachbarin, die einen Topf Suppe brachte. Ihr vertrauten sie die trauernde Witwe an.

Julia half, den Fichtenholzkasten in den Wagen zu stemmen, bis ihr Gesicht ganz rot war. Wie selbstverständlich stieg sie im Fond ein. Unmöglich, sie danach vor die Tür zu setzen. Tante Hedwig wartete schon auf alle mit einem Topf Hühnerfrikassee, ihrem Standardrezept bei traurigen Fällen. Sie achtete darauf, dass Julia genügend aß.

»Armes Ding«, sagte sie, als das Mädchen sich danach ziemlich rasch auf ihr Lager im Wohnzimmer verabschiedete. »Erst stirbt der Freund, und dann das.«

Viktor brachte es nicht übers Herz, ihr zu sagen, dass es vielleicht Julia war, die Clemens getötet hatte. Einerseits glaubte er es nicht. Er konnte sie gut leiden. Andererseits: Was sagte das aus? Julia konnte Dimitri leiden, trotzdem war er ein Totschläger. Miriam mochte Friedhelm, den Arsch und Betrüger. Special Agent Starling hatte Hannibal Lecter gemocht, irgendwie. Und am Ende würde sich vielleicht herausstellen, dass Clemens seinen Mörder sehr sympathisch gefunden hatte. Was wusste er schon über Julia, er wusste ja kaum etwas über sich selber.

Aber erklär das mal Tante Hedwig, die gerade tellerklappernd den Tisch abräumte.

Aus Gründen, die ihm selbst nicht ganz klar waren, erinnerte ihn dieser Gedankengang daran, dass er Miriam anrufen wollte. Zu seiner Überraschung war sie tatsächlich am Apparat. Damit hatte er nicht gerechnet, nach all den Malen, die er nur ihre Mailbox erreicht hatte. »Äh, hallo, schöne Frau«, brachte er heraus. Wie blöd konnte man sein?

Er bemerkte nicht, wie das Tellerklappern aufhörte.

»Mit wem telefonierst du?«, erkundigte sein Onkel sich.

Viktor wedelte mit der Hand und verzog sich auf den Gang. »Wie geht's dir?«, fragte er.

»Gut.« Das war knapp, mit einer auf dem letzten Buchstaben leicht überkippenden Stimme. Irgendetwas stimmte da nicht.

»Alles in Ordnung?«, fragte er vorsichtig.

»Was willst du?«

Er konnte förmlich sehen, wie Miriam den Arm mit dem Hörer eng an den Körper presste und mit der freien Hand irgendetwas herumschob. Das tat sie gerne, wenn sie sauer war. Das Irgendetwas ging dabei meistens kaputt. Viktor war auf der Hut.

»Ich müsste mit dir sprechen«, sagte er vorsichtig.

»Tust du doch gerade.«

»Was Wichtiges«, fügte er hinzu.

Aus dem Hörer kam nichts.

»Was Privates.«

Schweigen. So dick wie Tinte. Und genauso dunkel. Viktor nahm seinen ganzen Mut zusammen.

»Ich weiß nicht, wie ich anfangen soll.«

»Dann lass es.« Das war kein Satz. Es war ein Schrei. »Lass es, hörst du? Und vergiss die Sache, vergiss sie. Friedhelm ist keiner, der fremdgeht.«

Viktor war so verdattert, dass er nur automatisch verbesserte. »Er geht nicht fremd, er ist verheiratet.«

»Ist er nicht.« Das kam so kurz, so laut und so aggressiv wie möglich.

Viktor nahm an, dass Miriam jetzt am anderen Ende der Leitung heulte. Sicher war er nicht. Sie hatte aufgelegt.

Dann kam ihm der eigentlich wichtige Gedanke: Sie wusste es bereits. Blieb die Frage, von wem. Es dauerte eine Weile, bis Viktors Gehirn die richtigen Schlüsse zog. »Hedwig!«, brüllte er und stürmte in die Küche. »Was hast du getan?«

Seine Tante hatte gerade ein Tablett mit Tee zurechtgemacht. Etwas Beruhigendes für das arme Mädchen im Wohnzimmer, das sich doch bestimmt mit schlimmen Bildern quälte. Sie wandte Viktor gerade den Rücken zu und hatte bereits geklopft, die Klinke in der Hand. Wie es ihre Gewohnheit war, wartete sie nicht auf das Herein und öffnete die Tür weit.

So bot sie sich selbst, Viktor und Wolfgang einen guten Blick auf das Geschehen auf dem Sofa.

»Tobi«, rief Wolfgang, der gar nicht gewusst hatte, dass sein Sohn dort drin gewesen war. Normalerweise machte

Tobias durch eine Dauertonspur auf seine Anwesenheit aufmerksam. Vielleicht war es der Anblick, der ihn hatte verstummen lassen. Denn neben ihm saß Julia, die ihr T-Shirt hochhielt. Einen BH trug sie nicht. Ihre freie Hand umschloss die von Tobi, die um ihre nackte Brust gelegt war.

Julia hob den Kopf und senkte dann ihr Shirt. Sie musste Tobis Hand mit leichter Gewalt von ihrer Brust lösen. Doch er lächelte selig. »Tolle Titten«, rief er. »Tolle Titten.« Ohne auf irgendwen zu achten, lief er an ihnen vorbei, schnappte sich in der Küche seinen Lieblingstopflappen und ging fröhlich kauend nach oben. Ein lautes Maunzen verriet, dass Thekla es nicht geschafft hatte, ihm rechtzeitig aus dem Weg zu gehen.

Hedwig stand noch immer da, das Tablett in Händen. Julia griff sich in den Nacken und holte mit einer großzügigen Bewegung ihre Dreadlocks aus dem Shirt. »Er sagte, meine Titten wären toll. Da hab ich ihn gefragt, ob er mal sehen will. Und er wollte.«

Von Onkel Wolfgang kam ein Geräusch, das beim besten Willen nicht zu deuten war. Tante Hedwig sagte nichts, doch das Geschirr auf ihrem Tablett begann zu klingeln, leise, anhaltend und drohend, wie ein Tinnitus.

Julia stand auf. »Ich weiß gar nicht, was ihr wollt«, sagte sie. »Der Junge ist alt genug, um selber zu wissen, was er anfassen möchte.«

»Da hat sie nicht Unrecht.« Das war Onkel Wolfgang.

Das Geschirr klapperte lauter.

»Ich meine ...«, wandte Wolfgang sich an seine Frau.

»Halt's Maul!« Sowohl Text als auch Tonfall waren einzigartig und besorgniserregend.

Dann wandte sie sich an Julia. »Raus«, schrie sie nur. »Raus aus meinem Haus.«

Julias trotzig-amüsierter Gesichtsausdruck verschwand. »Wie bitte?«

»Raus aus meinem Haus, du Hure!«

»Tante, geht es etwas weniger pathetisch?« Viktor versuchte es mit Humor. In Wahrheit war er tief erschrocken. Zum ersten Mal in seinem Leben suchte er Rückhalt bei seinem Onkel. Aber der war dunkelrot und rührte sich nicht.

»Selber«, schnappte Julia. Mit zornigen, schnellen Bewegungen stopfte sie ihre paar Habseligkeiten in den Rucksack, schnappte sich Tablet und Gitarre und drückte sich an ihnen vorbei. »Das lass ich mir nicht bieten, nicht noch mal.«

»Flittchen«, fauchte Hedwig, die nicht wiederzuerkennen war. Nie hatten ihr Mann, nie ihre Schwägerin sie so gesehen. In all den Jahren hatte sie allenfalls den Spiegel so angestarrt, allen Zorn und Kummer offen im Gesicht getragen.

Viktor sah, dass Tränen in Julias Augen standen, aber auch Wut. Sie durchquerte die Küche schweigend. Erst an der Tür warf sie einen letzten Blick zurück. Er galt Viktor. »Mütter«, sagte sie. »Ich hab von diesen Müttern so die Schnauze voll.«

Hedwig warf das Tablett von sich. »Raus!«, brüllte sie noch einmal in das Klirren. Dann war endlich alles still. Stumm floss der Tee über die Fliesen.

22

Es war still im Büro, bemerkte Karoline Schneid, als sie von ihrem Bildschirm aufschaute. Sie war mal wieder die Letzte. Sie legte den Kopf in den Nacken und machte ein paar tiefe Atemzüge. Sie hörte ein leises Rauschen. Offenbar hatte es angefangen zu regnen. Karoline schaute zum Fenster, sah in der Schwärze aber nur die Spiegelung ihres Gesichts.

Müde starrte sie zurück auf ihren Schreibtisch. Dort lag Viktors Aussage über seinen und Julias Besuch bei dieser Architektenfamilie. Sie suchte nach dem Namen: Pohl. Noch einmal überflog sie Viktors Auslassungen. Nichts als pubertäre Verdächtigungen.

Am meisten ärgerte sie, dass er sich wieder einmal aufgemacht hatte, um in ihrem Revier zu wildern. Gut, den letzten Fall hätte sie nicht ohne ihn gelöst. Aber sie hatte beschlossen, es als einmalige Sache zu betrachten, so wie Röteln. Die hatte man ein einziges Mal, das war auch gut so, denn danach war man immun und steckte selber keinen an. Aber so einfach war es mit Viktor offensichtlich nicht. Denn wie es aussah, sah Viktor sich selber eher als so etwas wie Windpocken. Auch eine Kinderkrankheit, aber manche bekamen sie mehr als einmal. Und wenn es ganz dumm lief, wurde sie chronisch, und man schleppte sie noch als Erwachsener in Form von Gürtelrose mit sich herum. Nein, sie würde nicht erlauben, dass Viktor Anders ihre Gürtelrose würde, das ewige Jucken auf der empfindlichen Haut ihrer Seele.

Dumm nur, dass sie im Fall Weidner sonst so gar nichts in der Hand hatten. Da war die Kleine, Julia Taubert, seine Ex. Aber Karoline glaubte nicht recht daran, dass sie ihren Freund ermordet hatte. Julia hatte gelogen, sie war mit Clemens zusammen nach Nürnberg gekommen. Dort war Schluss gewesen. Sie hatten gestritten. Aber es gab keinen Hinweis darauf, dass sie in der Todesnacht zusammen unterwegs gewesen waren. Im Gegenteil: Der Inhaber des Dönerladens, der gegenüber dem Hostel lag, erinnerte sich, Julia dort am Abend gesehen zu haben. Sie hatte lange alleine dagesessen und gelesen. In einem Buch. Karoline fragte sich, wer in einem Schnellimbiss las. War das die neue Form von Konventionsbruch? Aber ironisch gemeint oder nicht: Julia *war* dort gewesen. *Allein*.

Sie versuchten im Ermittlungsteam gerade, Clemens' Weg an diesem letzten Tag zu rekonstruieren, werteten die Überwachungskameras von Parkplätzen und Tankstellen entlang der Strecke nach Trubenbronn aus, zeigten sein Foto herum. Bislang Fehlanzeige. Dass er bei Pohls gewesen sein könnte, war die einzige Möglichkeit, aber auch nur Möglichkeit, die sie konkret überprüfen konnten. Noch sträubte Karoline sich, in der Sache aktiv zu werden. Viele Alternativen allerdings blieben ihr nicht. Und die Mutter des toten Jungen war noch immer unauffindbar. Besuchte ein SOS-Kinderdorf, das sie betreute, irgendwo in Honduras, so viel hatten sie vom Arbeitgeber Ruth Weidners erfahren. Offenbar war sie regelmäßig im Ausland unterwegs, oft in der Dritten Welt, kontrollierte Hilfsprojekte, engagierte sich auch privat. Die Nachbarn hatten ausgesagt, dass Frau Weidner wochenlang die Blumen vor ihrem Reihenhaus nicht goss.

Andererseits schien das Verhältnis zu ihrem Sohn gut gewesen zu sein. Karoline betrachtete ein Foto der Frau, das ihnen aus Flensburg geschickt worden war, ein Bewerbungsbild aus ihren Akten, auf dem sie vorsichtig lächelte, daneben ein Schnappschuss von der Wohnzimmerkommode: sie und ihr fast erwachsener Sohn im Urlaub, lachend, in inniger Umarmung. Die Haare wehten ihnen ins Gesicht. Das Lachen wirkte echt, die Dynamik ansteckend. Karoline fragte sich, wie der Frau wohl zumute sein würde, wenn sie erfuhr, dass ihr Kind gestorben war, als sie selbst gerade dabei gewesen war, sich um andere Kinder zu kümmern.

Karoline überlegte und machte sich eine Notiz. Morgen würde sie bei Herrn Pohl vorbeischauen. Falls er wirklich gerade, wie Viktor fabuliert hatte, in einer teuren Scheidung steckte, war ein weiterer Sohn mit Unterhalts- und Erbansprüchen vielleicht nicht gerade das, was er sich wünschte. Auch wenn es fraglich war, dass er ihn deshalb gleich erschlug. So oder so sie konnte nur fragen. Für einen Vaterschaftstest würde es nicht reichen, Karoline kannte den Staatsanwalt, der mit dem Fall betraut worden war. Wenn sie es nicht schaffte, mit der Mutter in Kontakt zu treten, konnte sie diese Option vergessen.

Sie betrachtete noch einmal das Bild des Jungen. Wer war dein Vater?, fragte sie sich. Wer war dein Mörder? Und wieso bin ich so sicher, dass es ein und dieselbe Person ist?

Verdammter Viktor. Sie kratzte sich. Sie sollte nach Hause gehen.

Ein Piepsen im PC ließ sie aufschauen. Sie hatte ein Fax bekommen. Karoline öffnete die Datei. Es war ein Standbild aus einer Überwachungskamera. Der Ausschnitt war unharmonisch, die Bildqualität körnig. Die ganze Szene, die wie ein schlechter Schnappschuss wirkte, war in Schwarzweiß. Sie zeigte vier Zapfsäulen an einer Tankstelle. Drei Menschen waren im Bild: ein älterer Mann, der gerade nach dem Eimer mit Wasser griff, der zum Scheibenputzen an der Seite der Zapfsäule hing. Eine Frau, die offenbar gerade auf dem Weg zum Bezahlen war. Von ihr war nur die linke Hälfte des Körpers zu sehen mit einem schwingenden Blumenrock und einem hochhackigen Schuh, der gerade in eine Pfütze mit irgendetwas Dunklem trat. Und Clemens Weidner.

Karoline neigte sich dicht an den Bildschirm. Er war es, kein Zweifel, obwohl er halb über den Einfüllstutzen geneigt war, den er wohl nicht sauber in die Tanköffnung seines Wagens bekam. Jenes blauen Hyundai, den ihre Kollegen auf einem Wanderparkplatz vor Trubenbronn gefunden hatten. Clemens' Wagen. Der Aufkleber war unverkennbar: die Sonne mit der Aufforderung, Atomkraft zu stoppen. In ihrer Kindheit war es ein Zeichen von Mut gewesen, mit so etwas an einem bayerischen Gymnasium aufzutauchen. Neuerdings gab es sie wieder. Voll retro, wie Julia vielleicht gesagt haben würde.

»Da bist du ja«, murmelte Karoline. »Wo nur treibst du dich rum, hm?« Sie kontrollierte die Uhrzeit, die links oben im Bild eingeblendet war und spannte sich innerlich an: 01.23 Uhr. Das war dicht dran an der Mordzeit. Wo war dieses Bild aufgenommen worden? Sie entdeckte es, als sie die Datei schloss und den Namen betrachtete. Lange starrte Karoline Schneid auf den Straßennamen, der dort angegeben war. Ein Kribbeln stieg in ihr auf, langsam, stetig, vielversprechend. So ganz anders als das Gürtelrosenjucken, das Viktor ihr verursachte. Dies hier war das gute Gefühl der Jagd.

Die Tankstelle lag nicht auf dem Weg in die Fränkische Schweiz. Dafür keine vierhundert Meter entfernt von Peter Pohls Haus. Sie öffnete die Datei erneut. Ihre Ohren summten. Jetzt Ritalin, dachte sie, und um die Stimmung zu heben, noch eine E. Unwillkürlich wanderte ihre freie Hand zur untersten Schublade. Aber die war leer. Bewährungszeit! Sie stoppte den Impuls.

Das Telefon klingelte. Stirnrunzelnd betrachtete Karoline Schneid die ellenlange, fremde Nummer. Dann ging sie ran. Jemand sagte etwas auf Spanisch, dann rauschte es, dann ein Knacken. Für einen Moment war die Leitung still, wie tot. Als sie schon auflegen wollte, kam ein fragendes »Hallo?« Klar und ohne jeden Akzent.

»Ruth Weidner?«, fragte Karoline. Und, den Blick auf das Gesicht von Clemens Weidner geheftet, fuhr sie fort. »Sagen Sie, heißt der Vater Ihres Sohnes Peter Pohl?«

23

Auch Viktor bekam einen späten Anruf. Er saß gerade ebenfalls am Computer und schrieb eine Mail an seinen alten Sensei auf Hawaii. Irgendeinem Menschen musste er von den jüngsten Verwicklungen erzählen. Außerdem hatte er die Nase voll. Er würde aufhören mit dem Quatsch. Unten lief Tante Hedwig auf und ab und heulte, Onkel Wolfgang schrie. Nebenan warf Tobias seinen Kopf gegen die Wand. Nicht zu vergessen, Miriam, die vermutlich immer noch im Geiste in den Telefonhörer fluchte. Und er wurde das Gefühl nicht los, dass er das ganze Chaos verursacht hatte. Nein, er würde es lassen. Kein Detektivspielen mehr. Was ging ihn dieser Clemens an? Mochte er jung gewesen sein und verwirrt, wie Viktor einst selbst. Mochte er Stress mit seiner Familie gehabt haben. Das war nichts gegen den Stress, den man hatte, wenn man erwachsen war und immer noch die falschen Entscheidungen traf.

Viktor suchte nach Worten, während er eine sinngemäße Erklärung in die E-Mail tippte. Was ging ihn diese Julia an, Verlassene oder Verlassende, Liebhaberin oder Mörderin oder beides. Was zum Teufel noch mal sollte ihn das interessieren? Er war für sie doch eh nur ein alter Typ, ein Spießer, über den sie ihren Freunden später erzählen würde, wie langweilig er gewesen war. »Aber das Haus: toll, irgendwas mit Sandstein.« So würde er ihr in Erinnerung bleiben, er konnte es schon hören. Viktor schnaubte.

Nein, er würde die Finger davon lassen und lieber Onkel Wolfgang helfen, der sich seit zwei Tagen abmühte, die Beerdigung für ein Kind vorzubereiten, das nur noch aus ein paar Geweberesten bestand, die er aus einem Reifenprofil gekratzt hatte. Keine schöne Alternative, aber das war das Leben. Das, und nicht Polizei spielen.

Er hörte noch Julias nölige Stimme, wie sie nach Verfolgungsjagden verlangt hatte und Schießereien. Schluss damit.

Trotzdem hatte er das Gefühl, jemand müsste ihm für diese Entscheidung eine Absolution erteilen. Und wer könnte das besser als sein Sensei, der alte japanische Dichter, den nichts aus der Ruhe brachte? Viktor schrieb die Botschaft fertig und sandte sie ab. »Der Tod kennt keine Zeit«, murmelte er, als es klingelte. Im Geiste der neu erworbenen selbstverliebten Entsagung ging er ran. »Anders & Anders, Sie sprechen...«

Eine raue Stimme unterbrach ihn. Sie sprach mit einem Akzent, den er kannte. »Wir haben Mädchen«, sagte der Mann. Sein R rollte durch die russische Tundra. Oder war es die Taiga?

»Ich brauch keine Mädchen, danke.«

»Mädchen Julia.«

»Wie bitte?«

Am anderen Ende war es einen Moment still. Viktor

stellte fest, dass er neben sich stand. ›Du schon verstehen«, fuhr der Mann fort. »Unser Freund Dimitri.«

»Nichts verstehe ich, gar nichts!« Viktor wurde laut. Es war eine Beschwörung, von der er schon fast ahnte, dass sie vergebens sein würde.

Sein Gesprächspartner ließ sich nicht beirren. So träge, wie er angefangen hatte, brachte er den Satz zu Ende. »Er weiß alles, was du weißt. Sonst sie tot. Ist klar?«

Viktor pokerte noch. »Nicht ganz.«

Der Mann atmete. Dann sagte er »Du suchst Vater. Du findest Vater. Du uns nennen Vater, falls nicht Dimitri. Jetzt verstanden?«

»Alles klar«, brachte Viktor heraus.

»Sonst ist Mädchen…«

»…tot«, bestätigte Viktor. »Ich habe verstanden, ja, das habe ich.« Dann besann er sich. »Kann ich sie sprechen?«, fragte er.

Es raschelte im Hörer, dann, klein und verschnieft: »Viktor?«

»Ja.« Er wollte noch hinzufügen »Mach dir keine Sorgen.« Da hatten sie schon aufgelegt.

24

Karoline Schneid saß im Wagen und wartete darauf, dass ihr Kaffee in dem Pappbecher endlich kälter wurde. Darauf und auf eine Erleuchtung. Im Moment musste sie sich mit den hell erleuchteten Fenstern des Hauses Pohl begnügen. Entweder konnte der Mann die Dunkelheit schlecht ertragen. Oder er hatte ziemlich viel zu tun.

Karoline sah einen Jungen von etwa sechs Jahren, der im Pyjama vor dem Kühlschrank stand und irgendetwas rief. Sie sah seine ältere Schwester, die ihn von dort wegzog und vermutlich wieder ins Bett schickte – immerhin ging es auf Mitternacht zu – ehe sie im Flurspiegel ihre Frisur überprüfte, hinaustrat und in den Mini stieg. Im ersten Stock gab es noch ein Zimmer mit Lillifee-Plakaten, die ihr wohl kaum gehörten, daher nahm Karoline an, dass dort die zweite Tochter lebte. Sie fragte sich, was für eine Frau diese Frau Pohl war, die ihren Mann verließ und ihre drei Kinder nicht mitnahm. Wollte es dann aber gar nicht wissen.

Jetzt kam Herr Pohl an den Kühlschrank, der wie die gesamte Designerküche gut aus dem Auto zu sehen war. Die ganze Wohnung war wie eine Bühne, große Fenster – lichtdurchflutet nannten Immobilienmakler so etwas. Und Vorhänge waren ja so spießig. Wenn das die Holländer geahnt hätten, dass aus ihren puritanischen Wohnsitzen einmal so etwas würde.

Herr Pohl kratzte sich an einer Stelle, die er sonst nie vor den Augen anderer gekratzt hätte, hob die Bierflasche an die Lippen und trank. Im Lillifee-Zimmer ging das Licht aus. Der Junge im Pyjama kam wieder, kriegte irgendetwas aus dem Kühlschrank, es sah aus wie eine Milchschnitte, und wurde auf den Arm gehievt. Das nächste Licht ging hinter einer Milchglasscheibe an, vermutlich das Badezimmer. Karoline dachte an die Himbeerzahnpasta ihrer Kindheit. Dann wurde es dort drüben weniger betriebsam.

Es war zu spät, um heute noch zu klingeln; sie hatte schon genug Ärger mit ihrem Chef. Aber sie konnte nicht schlafen, schon wieder nicht, und sich schon einmal einen Überblick zu verschaffen, das war besser als nichts. Karoline nahm den Plastikdeckel von ihrem Kaffee, blies Luft auf die Oberfläche und rutschte tiefer in den Sitz. In diesem Moment ging drüben die Haustür auf.

Herr Pohl kam heraus, einen Papierkorb in der Hand. Er ging damit in die Garage und kippte den Inhalt in die Papiertonne.

Karoline saß kerzengerade. Sie konnte es kaum erwarten, dass er die Tür wieder hinter sich zuzog. Der Eimer war nur halb voll gewesen. Keine Rechtfertigung, ihn überhaupt zu leeren, geschweige denn um – sie schaute auf die Uhr – vier Minuten nach Mitternacht.

Vielleicht, dachte sie, während sie leise ausstieg und

die Straße überquerte, litt er ja an Schlaflosigkeit, wie sie selbst. In Lebenskrisen kam das schon mal vor. Sie zog ihre Taschenlampe heraus und öffnete die blaue Tonne. Sie selbst fand ja auch kaum eine Nacht vor drei Uhr Schlaf. Möglicherweise dachte er an seine Frau. Wo sie wohl gerade war? Was sie jetzt gerade tat? Ob es Zufall war, dass sie jetzt auszog, zwei Tage, nachdem Clemens gestorben war?

Karoline pfiff lautlos, als der Lichtkegel auf ein Jahrbuch fiel. Herr Pohl trennte sich wohl von den Erinnerungen an seine Schulzeit. Sie nahm das Buch heraus. Das musste ein Abiturjahrgang sein. Sie brauchte nicht nachzusehen, um zu wissen, dass Ruth Weidner dort mit ihm auf einem Foto war. Die Frau, der sie eben am Telefon erzählt hatte, dass ihr Kind erschlagen worden war.

Warum noch niemand ihr zuvorgekommen war? Karoline wusste es nicht. Das mochte der Dienstweg ahnen. So oder so war es ihr überlassen geblieben, der Stimme in der knisternden, knarrenden, immer wieder fast zusammenbrechenden Leitung zu erklären, dass man ihren Sohn ermordet aufgefunden hatte. In der Stadt ihrer Jugend, die sie vor achtzehn Jahren überstürzt verlassen hatte. Sind Sie noch da? Das war der Satz, den Karoline Schneid am häufigsten gesagt hatte. Sie blätterte jetzt in dem Jahrbuch, das sie aus der Tonne gezogen hatte und richtete den Strahl ihrer Taschenlampe auf die Doppelseite mit dem Bild der 13c. Ja, da war sie: Ruth Weidner, sie musste jung sein, auch wenn sie auf dem Foto irgendwie nicht so aussah. Wer hatte ihr nur zu diesem Karorock geraten?

Sind Sie noch da, Frau Weidner? Das und: Es tut mir leid. Ja, es tat ihr wirklich leid. Sie wühlte weiter im Müll. Da war ein Bündel Briefe, das Papier wirkte alt. Sie blätterte darin, so gut sie es mit einer Hand vermochte. Herzchen, Blümchen, schöne Handschrift. So jung. Es tut mir wirklich leid, Ruth. In der Leitung war es lange still gewesen. Karoline steckte Jahrbuch und Briefe hinten in den Bund ihrer Jeans. Um Beweistüten würde sie sich später kümmern.

»Da hast du deine Vergangenheit ja gründlich entsorgt, Peter Pohl«, murmelte sie. Machte man das so, wenn einem die Frau weglief? Sie wusste es nicht. Als sie selbst alleine in ihrer Wohnung zurückgeblieben war, damals, als ihre Schwester endgültig ins Pflegeheim gekommen war, da hatten sich in ihrem Müll die leeren Flaschen gestapelt, sonst wenig. Aber das war vermutlich auch ein anderer Fall.

Es tut mir leid. Hatte sie das laut gesagt? Dumm, alles war so dumm, dumm dumm.

Sie wühlte noch ein wenig, fand ein paar Fastfood-Verpackungen, leere Briefumschläge, Werbeflyer. Eine zerknüllte Kugel, die sie sorgfältig entfaltete, die Taschenlampe unterm Kinn. Frau Weidner war weniger Sorgfalt angediehen worden. Anruf aus Deutschland. Kennen Sie Peter Pohl? Wieso? Ach, das wissen Sie noch gar nicht? Ihr Kind ist tot.

»Ich werde am 20.9. in Nürnberg sein«, las sie leise, nachdem sie das zerknitterte Papier geglättet hatte. »Und ich hoffe, wir können uns sehen und alles klären. Ich bin so aufgeregt, ich freue mich so. Sie können mir bestimmt weiterhelfen, so oder so.«

Karoline überflog den Rest des Briefes. Unterschrieben hatte Clemens Weidner. So jung, dachte sie, so enthusiastisch. So dumm. So oder so, dachte Karoline, wie scheiß prophetisch. Ob Frau Weidner, drüben in Honduras, jetzt auch vor alten Briefen saß? Falls sie so etwas bei sich hatte. Oder wenigstens vor einem Passbild ihres Sohnes, das sie in der Brieftasche mit sich herumtrug, wie die meisten Mütter es taten. Manche besaßen noch Schnappschüsse, manche sogar Postkartengrüße oder dergleichen. Es kam auf die Mutter und die Geldbörse an. Hoffentlich hatte sie in letzter Zeit ein paar Bilder mit dem Smartphone gemacht, die sie sich jetzt ansehen konnte. Karoline packte auch diesen Brief ein und warf einen Blick auf den Rest. Zalando-Kartons, die mussten wohl noch aus der Zeit der Ehefrau stammen, eine andere Sedimentschicht. Sie hatte gesehen, was es zu sehen gab. Sie richtete sich auf.

Oder war da noch etwas? Karoline leuchtete noch einmal. Unter den vorschriftsmäßig klein gefalteten Kartons des Schuhversenders schaute tatsächlich so etwas wie ein Schuh heraus. Ewas in ihr begann zu vibrieren, ein Alarm, stumm noch, aber drängend. Es war ein Schuh, ein Turnschuh, Größe 44. So etwas trugen junge Männer. So einen hatten sie auch im Gepäck von Clemens Weidner gefunden, das im Hostel zurückgeblieben war. Er hatte drei Paar dabeigehabt auf seinem großen Ausflug: Sandalen, die Sneakers, die er trug, als sie ihn fanden. Und diese Laufschuhe. Aber von denen war nur einer im Zimmer gewesen, der linke.

Warum, fragte Karoline sich mit steigender Wut, warum hatte keiner von ihnen sich ernsthaft gefragt, wo der zweite war? Sie hatten es zur Kenntnis genommen, vermerkt, alles in einen Plastiksack gesteckt und vergessen. Und jetzt hielt sie hier in dieser Garage den rechten Schuh in der Hand. Er war angekokelt, jemand hatte höchst dilettantisch versucht, ihn zu verbrennen. Und in den Papiermüll gehörte er gewiss nicht.

Apropos vergessen: Vergessen waren die guten Vorsätze, vergessen die Uhrzeit. Karoline Schneid war wütend. Sie marschierte direkt auf die Haustür zu und klingelte Sturm. Sie drängte den völlig verdutzten Architekten, der einen Putzlappen in der Hand hielt, in seinen Hausflur. Putzen, dachte sie, um diese Zeit? Wollte der Spuren beseitigen? Hatte er den Jungen in seinem eigenen Haus erschlagen? Wie dumm konnte man sein?

Sie stürmte in die Küche und schmiss ihre Funde aus der Mülltonne auf den Tisch. Dann telefonierte sie nach Verstärkung wegen Gefahr im Verzug. Das Haus musste gesichert werden, nach Blutspuren untersucht, nach Fingerabdrücken von Clemens, nach den Resten des Brandherdes, vielleicht war da noch mehr in Flammen aufgegangen. Wieso hatte er die Briefe nicht gleich mitverbrannt, fragte sie sich. Dumm, dumm, dumm. Sie hasste dumme Mörder.

»Darf ich fragen, was das soll?«, setzte Peter Pohl an, Reste von bürgerlicher Würde in der Haltung, Haushaltshandschuhe über den Händen. Aber seine Augen hingen an dem Turnschuh.

»Umweltpolizei«, blaffte Karoline Schneid und hielt ihm ihren Ausweis unter die Nase. »Sie haben Ihren Müll nicht ordnungsgemäß getrennt.«

25

Wenn man noch einmal genauer auf die Dinge schaute, die man schon betrachtet hat, dann eröffneten sich einem neue Details, Wege, Sichtweisen. Und mit einem Mal begriff man, was man bislang nicht verstanden hatte. Der Hinweis war da, man musste ihn nur zu fassen kriegen. Das war zumindest in den meisten Fernsehkrimis so. Sogar in den guten wie »True Detective«.

Viktor hatte die Titelmusik eingelegt, die melancholische, todessüchtige Melodie flutete seinen Kopf. Er hatte das Jahrbuch vor sich liegen, blätterte und schaute, auf der Suche nach der Kleinigkeit, die er bislang übersehen hatte und die alles wenden würde. Es war doch so einfach; er musste nur hinsehen. Nichts.

Verdammt. Alles, woran er denken konnte, war Julia, die irgendwo eingesperrt war, gefesselt vermutlich, vielleicht geknebelt, und die umkam vor Angst. Das Klopfen an der Tür ließ ihn zusammenzucken. »Ja?«, rief er und drehte den Ton der Musik leiser.

»Dein Onkel will mit dir reden.« Das war seine Tante.

»Kein guter Zeitpunkt«, rief Viktor. Er hatte die Hand schon wieder nach dem Lautsprecher ausgestreckt. Kurz hörte er noch, dass Hedwig irgendetwas sagte, aber er brüllte nur noch einmal »Nein!«. Als das Klopfen sich wiederholte, warf er das Buch gegen die geschlossene Tür. Super, jetzt durfte er auch noch aufstehen und es aufheben. Maximaler Erfolg. Wenigstens war es jetzt draußen still.

Mit einem Ächzen erhob Viktor sich. Das Buch lag aufgeschlagen auf einer Doppelseite. Er hob es hoch in der vagen Hoffnung, dass das Schicksal eingegriffen und dort eine wichtige Botschaft für ihn versteckt hatte. Aber die Seite zeigte eine ganz andere Klasse als die von Ruth Weidner. Die meisten der Abgebildeten trugen Mönchskutten und machten ausholende, segnende Gebärden. Einer hatte eine Pappmitra auf. Sehr witzig. Gab es Religion überhaupt als Leistungskurs? Er wählte zum siebten Mal Karolines Nummer. Diesmal ging sie ran.

»Hi«, sagte er nervös, »ich bin's. Gibt's irgendwas Neues?«

Eine Weile hörte er nur Murmeln und Geräusche. Dann ihre Stimme: »Du rufst mich mitten in der Nacht an, um mich zu fragen, ob es etwas Neues gibt? Wer bist du? Mein Chef?« Sie klang gefährlich genervt.

»Diesmal ist es echt wichtig«, setzte er an. »Es geht um Leben und Tod.«

»Oh, ja klar«, blaffte sie, um an jemand anderen gewandt hinzuzufügen: »Nein, hier rüber mit dem Schwarzlicht.« Etwas rumpelte. »So lebenswichtig wie bei dem Gefängnisbesuch, bei dem ihr einem Beamten euer Dope abgetreten habt.«

Er zuckte zusammen. »Woher weißt du das?«

»Dort wird alles videoüberwacht. Hätte der Mann wissen müssen.«

»Werden wir Ärger kriegen?« Viktor hatte sein Anliegen kurzzeitig vergessen. Dann fiel ihm wieder ein, wer *wir* war.

»Ich hab die Sache intern geregelt.« Karoline tastete nach dem Piece in ihrer Hosentasche, der ersten Droge seit Wochen, an die sie gefahrenfrei herangekommen war. Und um weiteren Ärger oder gar ein internes Untersuchungsverfahren zu vermeiden, würde ihre neue Quelle ihr noch viel mehr Dope besorgen. Jetzt hatte sie einen Dealer bei der Polizei, eine bessere Tarnung gab es nicht.

»Gut, dann, weil wir gerade von Julia reden...«

»Wir reden nicht von Julia«, unterbrach Karoline ihn. »Wir reden nicht über den Fall. Wenn ich es mir recht überlege, reden wir beide wohl am besten gar nicht mehr miteinander.« Ihre Stimme hob sich: »Wo bleibt das Luminol?«

»Luminol?« Viktor horchte auf. »Habt ihr Blutspuren gefunden? Wo bist du, im Kloster? Nein, lass mich raten. Du bist bei Pohl, stimmt's? Du wärst nie so sauer, wenn die Spur nicht von mir wäre.«

»Viktor, ich lege jetzt auf.«

»Nur eine Frage. Eine nur.« Viktor war so aufgeregt, dass er sich beinahe verhaspelte. Er griff nach der Dose Cola, die auf seinem Schreibtisch stand und nahm einen großen Schluck. Das meiste geriet ihm in die Nase, sodass er es in hohem Bogen ausprustete. Das Jahrbuch wurde nass. Er fluchte und wischte mit dem Ärmel darüber. Dabei sah er jemandem tief in die Augen. Er trug eine alberne Pappmitra, und laut Bildunterschrift war er der Leiter der AG Religion. Er war 18 Jahre jünger als heute. Aber Viktor erkannte ihn. Ja, er erkannte dieses braungebrannte Gesicht, das aussah, als verbringe sein Besitzer viel Zeit draußen. Und nicht in einer Klosterzelle.

»Viktor?«, fragte Karoline.

»Ja, äh, ich, ich meine…« Er war vollkommen durcheinander. Dann holte er tief Luft. »Wenn ich der Russenmafia den Namen Peter Pohl stecken würde, und sie killen ihn oder so etwas. Muss ich dann ein schlechtes Gewissen haben, weil er unschuldig ist und nicht der Mörder von Clemens?«

Im Hörer war es zunächst still. Dann hörte Viktor die verstörenden Geräusche eines herben Lachanfalls. Schließlich kam wieder Karoline Schneids Stimme. »Weißt du«, sagte sie. »Das Schlimme an der Sache ist wohl, dass ich davon ausgehen kann, dass du sie ernst meinst.« Sie seufzte. »Also, du armer Irrer, lass mal hören, was du für ein Problem hast.«

Sacht, aber mit innerem Nachdruck drückte Viktor auf den Knopf, der das Gespräch beendete. Er brauchte Karoline und ihre gönnerhafte Großzügigkeit nicht. Er hatte eine eigene Spur. Aufgeregt beugte er sich über das Jahrbuch. Dazu stellte er die Musik wieder an. Es war also wahr. Auf den zweiten Blick offenbarten sich einem Dinge, die man nicht für möglich gehalten hätte. Ruth Weidner und Pater Sebastian kannten einander Es konnte kein Zufall sein, dass sie an derselben Schule gewesen waren, er als Lehrer, sie als Schülerin. Nicht, wenn ihr Sohn tot auf seinem Friedhof lag. Er würde zurück müssen in dieses Kloster.

26

Miriam stand vor dem Eingang des Heimes und zögerte. Tobias besuchte die angeschlossene Schule, hatte hier seine Logopädiestunden und wurde auf einen Besuch der Tagesstätte vorbereitet. Friedhelm arbeitete hier. Aber es war auch der Ort, an dem sie in die Hände des Floristinnenmörders gefallen war. Dort hinten war es gewesen, bei den Gewächshäusern, in denen einige der Heimbewohner arbeiteten.

Miriam glaubte, den Geruch der Blumen bis hierher wahrzunehmen. Nie wieder würde sie Lilien ertragen. Nie wieder von Duft sprechen. Der Blumenmörder hatte sie dort festgehalten, gequält und mit Blüten geschmückt. Bis Friedhelm kam. Gemeinsam mit Viktor und der Kommissarin hatte er sie befreit. Sie wollte nie wieder dorthin zurück. Schon hier auf dem Weg zu stehen und den Wegweiser »Gärtnerei« zu lesen bereitete ihr Unbehagen.

Sie überwand sich und bog in die Gegenrichtung ab, zum Verwaltungsgebäude. Ihr Plan war nicht klar umrissen. Aber er basierte auf logischen Vorüberlegungen: dass Friedhelm fest angestellt war. Dass solche Menschen eine Lohnsteuerkarte besaßen, die ihr Arbeitgeber verwaltete. Dass auf dieser Karte der Familienstand eingetragen wurde.

Miriam kannte nur wenige Menschen mit einer Festanstellung. Die meisten ihrer Freunde waren Künstler, Kellner, Spiritisten oder bastelten an der Eröffnung kleiner Läden in graffitigeschmückten Altbauten. Sie erinnerte sich aber dunkel an das schlanke Pappkätchen ihres Vaters, ausgefüllt mit Schreibmaschine. Heute war das vermutlich alles digital. Sie hoffte es jedenfalls.

Miriam kannte den Namen der Dame, die sich um die Buchhaltung kümmerte: Frau Morgeneier. Besser als Abendeier, hatte sie sich vorgestellt, damals, als Friedhelm Miriam mit seinen Kollegen bekannt gemacht hatte. Sie war übergewichtig, hatte dickes braunes Haar und ein lautes Lachen. Sie liebte Collies und geblümte Blusen, unter denen ihr Busen wogte. Das alles wusste Miriam, und sie hatte eine Pralinenschachtel mitgebracht. Ob sie Frau Morgeneier damit ablenken, bestechen oder bewusstlos schlagen wollte, wusste sie allerdings noch nicht. Irgendwie stellte sie sich vor, würde sie in einem unbeobachteten Moment an den PC gehen und die Karte aufrufen. Ob es Passwörter oder Sicherungen gab, war ihr unklar. Aber das würde sich regeln lassen. Sie war hier, sie war entschlossen. Sie hatte Erfahrung als Detektivin. Miriam umklammerte die Geschenkschachtel.

»Guten Morgen«, grüßte Frau Morgeneier sie und strahlte sie an. »Schön, dass Sie sich einmal zu mir verirren.« Über ihrem Kopf ein Kalender mit einem Hundekopf vor Löwenzahn. »Wie kann ich Ihnen denn helfen?«

Miriam brach entgegen aller Pläne sofort in Tränen aus.

Frau Morgeneier wurde ernst. Sie tippte etwas in den PC, kam hinter dem Schreibtisch vor, nahm Miriam bei der Hand, setzte sie auf einen Besucherstuhl und fütterte sie mit den Pralinen, bis sie sich ein wenig beruhigt hatte.

»Die waren doch für Sie«, brachte Miriam irgendwann heraus.

»Weiß ich doch. Ich heiße übrigens Anna.«

»Miriam... Entschuldige, aber ich bin gerade so... Erst der Anblick der Gewächshäuser. Und dann ist es, weil...« Sie merkte, dass sie drauf und dran war, einfach mit der Wahrheit herauszuplatzen. »Wegen Friedhelm.« Da war es auch schon passiert. Sie konnte sich gratulieren, eine großartige Detektivin war sie.

Anna Morgeneier neigte den Kopf und betrachtete sie lange. »Verstehe«, sagte sie dann und erhob sich mit einem Ächzen. »Ich koch uns erst mal Kaffee.«

Erschrocken wehrte Miriam ab. Sie hatte schon viel zu viel gesagt. All das war einfach nur peinlich. Und sie hatte das dringende Bedürfnis zu flüchten. Sie stand auf.

Die Buchhalterin legte ihr die Hand auf die Schulter. »Ich arbeite hier schon seit zwanzig Jahren«, sagte sie.

»Ja, fein, ich...« Miriam wollte gehen. »Es tut mir so leid.«

Anna Morgeneier hielt sie zurück. »Und wenn ich dir sage, dass du nicht die Erste bist, die hier sitzt und der es wegen Friedhelm so geht?«

Miriam sank wieder auf den Stuhl. Sie wollte etwas fragen, war auf einmal aber nicht mehr sicher, ob sie die Antwort hören wollte. Nicht aus dem Mund dieser fremden Frau, die ein Amor mit umgekehrtem Vorzeichen war.

»Kaffee?«, wiederholte Anna Morgeneier ihr Angebot.

»Tee, bitte.« Miriams Stimme war tonlos. Anna Morgeneier nickte. »Bin gleich wieder da«, sagte sie. Ehe sie ging, neigte sie sich noch einmal über die Tastatur und gab rasch eine Folge von Befehlen ein. Dann hob sie den Kopf. Mit dem Kinn nickte sie in Richtung des Computerbildschirms. »Geh mir derweil nicht an meine sensiblen Daten, Kindchen, ja?« Sie lachte, als wäre es ein guter Witz.

Kaum war sie aus dem Zimmer, lief Miriam hinter den Monitor. Aufgerufen war die Lohnsteuerkarte von Friedhelm Werth, römisch-katholisch, verheiratet, Steuerklasse 3. Miriam starrte lange darauf.

Frau Morgeneier kam zurück.

Ohne sich umzudrehen, fragte Miriam: »Hast du die Adresse auch?«

»Ach, Kindchen«, sagte Frau Morgeneier. Es duftete nach Tee.

Miriam blieb bockig. »In Nürnberg wohnt sie ja wohl nicht.«

Frau Morgeneier beugte sich vor, tippte, der Bildschirm wechselte, und es erschien eine Anschrift.

»Auf der B2 war er gewesen, klar, er kam also von ihr an dem Abend«, murmelte Miriam.

»Kindchen, gute Logopäden sind rar, sei nicht zu hart zu ihm.«

Der Tee duftete noch immer, daneben das blumige Deodorant von Anna Morgeneier. Im selben Moment wusste Miriam, dass sie nie wieder ein Frühstücksei würde essen können, ohne an das hier zu denken.

Viktor beglückwünschte sich dazu, vor dem Aufbruch noch einmal ins Internet geschaut zu haben. Er war kurz nach Tagesanbruch losgefahren, hatte den Wagen auf demselben Wanderparkplatz abgestellt wie seinerzeit Clemens Weidner und war zu Fuß durch den Wald zur Rückseite des Klosterfriedhofes gegangen. Hier und dort sah er noch Reste des Polizeiabsperrbandes, das nun ein Teil des menschlichen Mülls wurde, der selbst im einsamsten Wald herumlag. Für einen Moment, als er die Füße auf einen Vorsprung der Sandsteinmauer stemmte, über die vielleicht auch Clemens geklettert war, hoffte er, dass er nicht dasselbe Schicksal erleiden würde wie der Junge. Dann landete er zwischen zwei Gräbern und beglückwünschte sich noch einmal. Denn aus der Kapelle kam Gesang, genau wie er es berechnet hatte. Die Non, eine der kleinen Horen, ein Gebet, das in der Regel um fünfzehn Uhr verrichtet wurde, dem mutmaßlichen Todeszeitpunkt von Jesus Christus, ein Detail, das Viktor angesichts der Umstände nicht ganz harmlos erschien. Die Non wurde gefolgt von Vesper, Komplet in der Nacht, der Vigil oder Matutin und den Laudes am nächsten Morgen. Um sechs Uhr morgens, er schüttelte sich. Aber gut, dass Mönche und Nonnen so vorhersehbar waren. Alle befanden sich in der Kirche. Er wusste nicht, *wie* klein kleine Foren waren, schätzte aber, dass er genügend Zeit hätte, die Zelle von Pater Sebastian zu finden und sie einer kurzen Sichtung zu unterziehen. Wie groß konnte so eine Mönchszelle schon sein?

Viktor schlich über das Gelände zum Haupthaus. Es war schwerer, sich zu orientieren, als er gedacht hatte. Vor allem die Wirtschaftsräume bereiteten ihm Schwierigkeiten. Unverkennbar war der Esssaal. Die Zellen der Schwestern lagen alle – zumindest zählte er acht – auf einer offenen Galerie. Aber wo residierten die drei Männer? Schließlich wurde er in einem Nebentrakt fündig. Der Geruch von altem Holz und Rasierwasser verriet ihm, dass er richtig war, noch ehe er die Tür aufgestoßen hatte.

Der Raum barg wenig Persönliches, genau, wie er es erwartet hatte. Keine Bilder an den Wänden, nur das Kreuz. Kein Nippes, kein Teppich. Der Mann nahm das hier ernst. Im einzigen Schrank neben einer weiteren Kutte und Unterzeug ein Seesack mit Kletterutensilien. Vater Sebastian sah nicht nur *aus*, als würde er viel Zeit im Freien verbringen, er tat es offensichtlich auch. Das Jahrbuch von Ruth Weidner hatte in einem ganzen Artikel lobend erwähnt, was für tolle Klettertouren und Ausflüge der Leistungskurs Religion mit seinem beliebten Lehrer unternommen hatte. Gott in der Natur war *das* Ding gewesen. Auch für Ruth? Und was war passiert, dass Dr. Sebastian Bergmann, wie er passenderweise geheißen hatte, all den ihn verehrenden Schülern und Schülerinnen sowie den fröhlichen Gebirgstouren den Laufpass gegeben hatte, zugunsten einer kleinen dunklen Bude voll alter Frauen?

Pater Sebastians Habseligkeiten schienen darauf keine Antwort zu geben. In einem schmalen Bücherregal standen einige Werke mit Titeln wie »Apophthegmata Patrum« oder »Die Lilien auf dem Felde«. Viktor konnte damit wenig anfangen. Wahllos schlug er eines auf, warf einen flüchtigen Blick auf die griechischen Schriftzeichen und wollte es schon wieder zuklappen, als ein Bild herausfiel.

Langsam trudelte es zu Boden und blieb mit der Rückseite zuoberst liegen. Der Name eines Filmherstellers, ein Datum. Viktor bückte sich, er war sich nicht sicher, ob er richtig gesehen hatte.

Da hörte er die Stimmen auf dem Flur.

Viktor fluchte und nahm sich trotzdem noch die Zeit, das in einem Kloster unpassend zu finden, ehe er erwog, sich im Schrank zu verstecken.

Miriam rutschte unruhig auf ihrem Autositz hin und her. Friedhelms Frau hieß Angela, Angela Werth. Sie stand sogar im Telefonbuch. Genauer gesagt standen sie beide darin: Angela und Friedhelm Werth. Er hatte sich keine große Mühe gegeben, sein Doppelleben zu verbergen. Miriam wusste nicht, ob sie das zu seinen Gunsten auslegen oder es ihm vorwerfen sollte. Die Adresse in Bayreuth lag in einem Neubauviertel, in dem hauptsächlich Angehörige der nahen Universität lebten. Es bestand seit den zweitausender Jahren, genau wie die Ehe, und vermutlich hatten Friedhelm und seine Angela den schmalen Vorgarten des Reihenhauses gemeinsam bepflanzt und das Design der Hausnummer miteinander ausgesucht. Wenigstens standen keine Kinderfahrräder herum. Frau Werth, Frau Prof. Dr. Werth, war kinderlos. Sie lehrte Vergleichende Religionswissenschaft, und Miriam fragte sich, ob sie in puncto Ehebruch eher alt- oder neutestamentarisch dachte. Vielleicht war sie ja auch eine von denen, die eine offene Zweierbeziehung für zivilisatorisch fortgeschritten, ja gegeben hielt, und Friedhelm und sie diskutierten an den Wochenenden ihr außerhäusliches Liebesleben miteinander bei einer Focaccia und einem guten italienischen Landwein. Miriam wusste es nicht.

Sie fragte sich, ob sie aussteigen, klingeln und es herausfinden sollte.

Da fuhr schwungvoll ein alter Fiat an ihr vorbei und bog in den Carport vor dem Haus der Werths ein. Eine Frau stieg aus. Sie war hübsch, mit etwas zu breiten Hüften. Sie hatte einen großen Mund und rotbraune Haare, in denen die ersten Silberfäden nicht überfärbt waren. Ihre Bewegungen waren schwungvoll, ihre Kleider bunt. Sie sah exakt aus wie die Frau, die Miriam in zehn Jahren sein würde. Miriam nahm die Hand wieder von ihrem Sicherheitsgurt. Sie weinte.

Viktor begriff gerade noch rechtzeitig, dass der Schrank als Versteck eine schlechte Wahl wäre, genau wie das Bett. Und da es sonst keine Verstecke im Zimmer gab, entschied er sich, mehr reflexartig als bewusst, für einen Hechtsprung aus dem Fenster, dass er intuitiv aufgerissen hatte.

»Heh!«, hörte er es hinter sich brüllen. »Sie!«

Er nahm sich nicht die Zeit, den Pater zurückzugrüßen. Rasch stieß er sich ab.

Er hatte Glück, dass das Kloster über einen Gärtner verfügte und landete in der lockeren Erde eines gut gepflegten Hochbeetes. Sprang auf und rannte. War sich nicht sicher, wie viel von ihm für einen Verfolger zu sehen war. Bog ab und nochmals ab. Betete, dass der Pater etwas von seiner früheren Bergsteiger-Fitness verloren hätte und kam endlich an die Friedhofsmauer. Kletterte drüber. Verknickte sich bei diesem zweiten Sprung jetzt doch den Fuß. Humpelte durch Unterholz. Riss sich das klingelnde Handy aus der Hosentasche. Es war Miriam.

In seinen Ohren rauschte das pulsierende Blut. »Du hast vielleicht ein beschissenes Timing«, brüllte er und hätte am liebsten immer weiter geschrien, so gut tat es.

Miriam legte auf.

Verdutzt hielt Viktor das Mobiltelefon von sich. Dann fiel ihm seine andere Hand ein. Die immer noch seinen Fund umklammert hielt. So fest, dass er sich beim Klettern nur auf die geschlossene Faust gestützt und sich die Handknöchel an dem Sandstein blutig geschrammt hatte. Er öffnete die steifen Finger. Sah die Fotografie endlich an.

»Hallo, Clemens«, sagte er zu dem Bild. Als er aufschaute, bemerkte er, dass er unter dem Baum stand, an dem die

Spurensicherung ein Zeichen angebracht hatte, das darauf hinwies, dass der Junge genau hier erschlagen worden war.

27

Peter Pohl, der glücklose Architekt, presste die Finger gegen die Nasenflügel. Seine Augen mit den hellen Wimpern waren gerötet, seine Haut rau. Er hatte die Nacht in der Untersuchungszelle nicht geschlafen und den Einwegrasierer verschmäht. Wann immer Kommissarin Schneid die Stimme hob, zuckte sein Adamsapfel, der stark hervorstand.

Auch sie hatte nicht geschlafen, doch hatte sie mehr Übung darin, es zu verschleiern. Im Gegensatz zu ihm sah sie aus wie aus dem Ei gepellt und roch wie ein Frühlingsmorgen. Es war an der Zeit, dass er mit allen Sinnen begriff, wie unterlegen er war.

Pohl schien seine Lektion zu lernen. Seine Stimme war nicht mehr laut, sondern klang wehleidig. Mittlerweile gab er zu, was offensichtlich war.

»Ja, der Junge war bei mir. Bei uns«, verbesserte er sich.

»Also hat Ihre Frau von dem Besuch gewusst.«

»Sie hat darauf bestanden, dabei zu sein.« Peter Pohl ließ seinen Nasenrücken los und fuhr sich mit allen zehn Fingern durch die Haare. Sie standen ab, und man sah, wie dünn sie auf seiner roten Kopfhaut geworden waren. Für einen Moment sah er aus wie ein alter Mann. »Sie hat gesagt: damit ich mich nicht zu irgendetwas breitschlagen lasse.«

»Was wäre das gewesen?«

Er zuckte mit den Schultern. »Ich weiß es nicht. Ein Gentest? Sein Studium bezahlen?« Seine Stimme klang müde, und Karoline Schneid wurde den Gedanken nicht los, dass er dieses Gespräch, das sie hier führten, bereits mit seiner Frau durchgefochten hatte, womöglich mehr als einmal. Das Feuer jedenfalls war eindeutig raus.

»Und? Hätten Sie?«

»Sie meinen, weil ich sein Vater bin? Das weiß ich doch nicht. Es war ja alles offen. Aber Birgit wollte davon nichts hören.«

»Birgit?«

»Meine Frau.« Er überlegte. »Meine zukünftige Exfrau. Sie war ganz besessen davon. Nun ja, wir hatten, haben«, verbesserte er sich wieder, »gerade einen finanziellen Engpass. Nichts Ernstes, nur vorübergehend. Aber ... Sie wissen, wie das im Baubusiness läuft.« Und er setzte an, es ihr zu erklären.

Karoline schnitt ihm das Wort ab. »Clemens kam dann also zu Ihnen nach Hause«, stellte sie fest.

Er hielt inne und nickte schließlich. »Wie am Telefon verabredet. Birgit ging gleich auf ihn los.« Er hob den Kopf. »Finden Sie, er sieht mir ähnlich?«

Statt einer Antwort warf Karoline Schneid ein vergrößertes Foto auf den Tisch. Es zeigte Clemens Weidner auf dem Obduktionstisch.

Peter Pohl stöhnte.

»Ich weiß nicht«, sagte sie gespielt freundlich. »Haben Sie ihm denn nicht in die Augen geschaut, als Sie ihn erschlugen?«

Der Architekt bäumte sich auf. »Aber ich habe ihn nicht umgebracht, wie oft soll ich Ihnen das noch sagen. Er hat unser Haus quicklebendig verlassen.«

»Im Streit«, stellte Karoline Schneid fest. »Es hat Handgreiflichkeiten gegeben. Dabei hat er einen Schuh verloren.«

»Er hatte die Schuhe beim Reinkommen ausgezogen.« Peter Pohl hob die Hände. »Er war gut erzogen. Beim Gehen dann hat Birgit ihn so bedrängt, dass er nicht mehr dazu kam, den zweiten wieder anzuziehen. Was soll ich denn sagen?«

»Dass es Ihre Frau war? Dass alles die Schuld der Frau ist, die Sie gerade verlassen hat?« Karoline schürzte die Lippen. »Ich kann Sie ja verstehen. Eine verführerische Lösung, zumindest für Sie. Aber sie hat ihre Fehler. So weit wir wissen, hatten Sie Gütertrennung vereinbart. Ihre Frau hat eigenes Vermögen und muss weder für Ihre Schulden aufkommen, noch hätte sie für Clemens einen Cent zahlen müssen. Warum also sollte sie sich so aufgeregt haben?«

»Wenn's ums Geld ging, hat Birgit sich immer aufgeregt.« Die Stimme Pohls war zu einem Murmeln herabgesunken. »So war sie nun mal.«

»Aber ein echtes Motiv, den Jungen aus dem Weg zu räumen, das hatten nur Sie, nicht wahr, Herr Pohl?« Karoline

Schneid neigte sich über den Tisch. »In zwei Tagen ist der DNA-Test da, Herr Pohl. Dann wissen wir, ob es Ihr leiblicher Sohn war, den Sie getötet haben. Oder nur irgendein armer Junge, der sich nach einem Vater sehnte.«

Sie lehnte sich wieder zurück und betrachtete ihn. Seine Schultern zuckten. Er weinte. Es war der richtige Zeitpunkt, um ihn daran zu erinnern, dass Clemens' Augen blau gewesen waren. So leuchtend türkisblau wie seine eigenen.

28

Tante Hedwigs Gulasch zu essen war schlimm. Das lag am Gulasch. Das Warten darauf, dass die Entführer sich melden, war schlimmer. Am schlimmsten aber war die Stimmung in der Anders'schen Küche. Woran das lag, war nicht klar zu definieren. Wolfgang Anders schwieg, wie er es neuerdings öfter tat, was Viktor immerhin seine Vorträge über vorzügliches Bestattertum ersparte. Hedwig war dafür umso gesprächiger geworden.

»So eine Schande«, schimpfte sie, »das ist doch Verführung Minderjähriger. Quasi«, fügte sie hinzu, als sie Viktors Blick bemerkte. »Noch einen Semmelknödel?« Sie rührte so aufgebracht im Kloßwasser, dass es spritzte. »Tobi ist doch geistig noch ein Kind. Ganz unerfahren.«

»Wir sind uns aber einig, dass er Erfahrungen zu suchen scheint«, wagte Viktor einzuwerfen.

»Ach, er weiß doch gar nicht, was er da tut.« Hedwig ließ einen Kloß auf Viktors Teller klatschen.

»Und dann in meinem Wohnzimmer!«

Dagegen wusste Viktor nichts einzuwenden. Er nahm an, dass dieses Sofa dergleichen tatsächlich noch nie gesehen hatte. »Jungfräulicher Brokat«, konnte er sich nicht verkneifen zu bemerken.

Onkel Wolfgang zuckte zusammen und ließ den Löffel fallen. Er wagte es nicht einmal, sich dafür zu entschuldigen.

»Die Ergotherapeutin und die Beraterin vom Kompetenz-Zentrum sagen auch, dass Sexualität für Autisten ein ganz sensibles Gebiet ist. Viele sind nicht einmal im Ansatz interessiert und mit dem Geschlechtstrieb ihrer Mitmenschen völlig überfordert, sagen sie.«

Viktor bekam Soße in die Nase. »Nun mach aber mal halblang.« Er hustete. »Du willst doch wohl nicht behaupten, dass Tobias nicht interessiert ist, an...«

Seine Tante hob gebieterisch die Hand, und er verstummte. »Ich sage ja nur: viele. Und die anderen... Es ist einfach unverantwortlich. Für wen hält diese Person sich eigentlich?«

Für jemand mit tollen Titten, dachte Viktor, sagte es aber nicht laut. Nicht nur wegen Hedwig. Er fand es auch unangemessen Julia gegenüber, die sich in einer schlimmen Lage befand. Und das war seine Schuld. Er hätte sie nicht gehen lassen dürfen. Sie könnte noch ganz harmlos bei ihnen auf dem Sofa sitzen und... Nein, dachte er mit einem Seitenblick auf seine Tante. Das konnte sie nicht. Trotzdem hätte er auf sie aufpassen müssen. Hatte er nicht selber ein Sofa? Verdammt, wieso riefen diese Typen nicht noch mal an? Er kaute und schluckte und bemühte sich, die Bilder loszuwerden von groben Fäusten, die sich um Julias Brüste schlossen, während sie schrie und .. Als er zu sich kam, bemerkte er, dass es Hedwig war, die kreischte.

Onkel Wolfgang hatte einen krebsroten Kopf. »Was hab ich denn gesagt?«, fragte er trotzig.

»Ja«, erkundigte sich Viktor, wider Willen interessiert, »was hat er denn gesagt?«

Eine Antwort bekam er nicht, denn in diesem Augenblick klingelte sein Handy. Endlich!

»Anders & Anders, Sie sprechen mit Viktor Anders«, raunte er und hoffte, dass es nicht um eine Leiche ginge.

»Hast du was für uns?«, fragte eine gutturale Stimme.

Viktor atmete auf. »Ja«, antwortete er laut, während er aufstand und entschuldigend in Richtung seiner Familie gestikulierte. »Ja, ich habe die entsprechenden Informationen für Sie herausgesucht. Einen Moment bitte. Ich gehe in mein Büro.«

Hedwig und Wolfgang verloren das Interesse an ihm und starrten in ihr Gulasch.

Noch nie war Viktor so erleichtert, die Küche zu verlassen. »Jetzt können wir reden«, sagte er.

»Du redest.«

»Ihr lasst das Mädchen frei? Ihr tut Julia doch nichts?« Sein Atem ging schneller.

»Hängt von dir ab.«

Viktor überlegte. Wenn er ihnen den Namen des Mönches nannte, dann war der Mann vermutlich so gut wie tot. Schwieg er, würde Julia sterben. Was ihn anging, so war ihm Julias Leben wichtiger. Außerdem war er aus der Kirche ausgetreten. Aber er wollte sich ungern nachsagen lassen, dass er parteiisch war, wenn es um Leben und Tod ging. Andersherum betrachtet: Wenn er Pater Sebastian an die Russen verriet, konnte er gleich danach die Polizei informieren. Karoline Schneid würde den Mönch schon schützen. Für Julia andererseits konnte sie wenig tun. Das lag allein in seiner Hand. Über die Schuldfrage ließ sich nichts sagen: Beide konnten Clemens Weidner getötet haben. So kam er nicht weiter. Und sollte man nicht *nicht* über seinen Nächsten richten? Ein weiteres Argument: Julia war jünger, sie hatte das Leben noch vor sich, wie man so sagte. Und sie roch besser.

Während Viktors Großhirn noch grübelte, in einem Umfang, den er der delikaten moralischen Angelegenheit für angemessen hielt, tat sein Körper bereits, was er von Anfang an gewollt hatte. Er holte Luft, sein Mund öffnete sich, seine Stimmbänder schwangen: »Ich weiß, wer es war«, sagte er. »Vermutlich.«

»Wer?«

»Wo ist Julia?«

»Der Name!«

»Ich will sie sprechen.«

Die Männer am anderen Ende der Leitung berieten sich.

Für einen Moment wurde es Viktor heiß. Es flüsterte, dann ein Rumpeln. Möbel schienen umgeworfen zu werden. Seine Hand verkrampfte sich um das kleine Telefon. Wenn sie ihr etwas antaten, würde er sich das nicht verzeihen.

»Hallo?«, hörte er es dann schwach.

O Gott, sie war verletzt. Sie hatten sie gefoltert. Julias Stimme war kaum zu verstehen. »Bist du das?«

Sie schluchzte.

»Julia! Halt durch! Ich hol dich raus! Versprochen! Hörst du?«

Ein würgendes Geräusch erklang. »Bitte«, stammelte sie.

»Oh, Julia, Julia, Schätzchen! Halt durch, durchhalten, ja?« In der Aufregung bemerkte Viktor kaum, dass er fast wie seine Tante klang. »Wir kriegen das schon wieder hin!«

Julia brabbelte etwas Unverständliches.

»Was?«, schnappte er atemlos. »Was sagst du?«

»Der Wodka.« Sie würgte erneut. »Der Wodka ist scheiße, echt.« Dann übergab sie sich. Viktor nahm den Hörer ein Stück vom Ohr. Trotzdem konnte er im Hintergrund eine beleidigte Stimme hören: »Das ist bester Selbstgebrannter von meinem Onkel aus Kiew.«

Der erste Sprecher meldete sich wieder bei ihm. »Und?«, blaffte er.

Viktor zögerte kurz. Dann nannte er den Namen. Und die Adresse des Klosters.

Der andere Mann schwieg. Vielleicht schrieb er mit. Im Hintergrund schien es turbulent zuzugehen. Schließlich sagte er: »Wir treffen uns dort.«

»Und Julia?«, hakte Viktor rasch nach, ehe sein Gesprächspartner auflegen konnte. Er konnte den Puls an seinem Hals klopfen spüren. Schlucken konnte er nicht. »Was ist mit Julia?«

»Sie ist da, du nimmst mit.« Etwas klirrte. »Am besten so schnell wie möglich.«

Verwirrt hielt Viktor eine Weile den Hörer in der Hand. Jetzt, da er den Judas gespielt hatte, wurde ihm die Entscheidung, mit der er eben noch geglaubt hatte, gut leben zu können, in rasendem Tempo unerträglich. Noch auf dem Weg zum Wagen rief er Karoline Schneids Nummer an. Geh ran, betete er im Stillen, bitte geh ran, herrgottverfluchte Scheiße noch mal. Doch nur die Mailbox meldete sich.

29

Karoline Schneid lehnte sich auf dem Holzstuhl im Vorraum des Verhörzimmers zurück und rieb sich die geschlossenen Augen. Sie hatte ihn. Peter Pohl war weich wie eine Aubergine aus dem Vorjahr. Er weinte fast nur noch. Bloß noch ein wenig Druck, und er würde gestehen, was immer sie ihm vorwarf. Aber sagte er auch die Wahrheit?

Kommentarlos nahm sie die Glückwünsche der Kollegen entgegen, die in die Kaffeepause gingen. Sie öffnete die Augen und starrte auf die Glasscheibe. Dort drüben saß er, den Kopf in die Hände gelegt. Ja, Clemens war bei ihm gewesen. Ja, sie hatten gestritten. Ja, es war zu Handgreiflichkeiten gekommen. Nur noch ein kleiner Schritt.

Was ihr allerdings nicht aus dem Kopf ging, das war der Turnschuh. Nicht der aus Pohls Mülltonne, sondern der zweite, den sie in Clemens Weidners Hostelzimmer gefunden hatten. Der, den er *nicht* trug, als er auf dem Friedhof des Klosters begraben worden war. Wenn Pohl ihn im Affekt – oder mit Vorbedacht, nachdem er ihn in seine Wohnung gelockt hatte – erschlagen hätte, wieso sollte er ihm danach ein frisches Paar Schuhe anziehen? Die er noch dazu extra aus einem Hostel in der Innenstadt hätte holen müssen? Und wenn Clemens das Haus des Architekten doch lebend verlassen hatte, wenn auch halb unbeschuht: Wieso sollte er sich dann mit dem Mann, der ihn eben angegriffen hatte, ein weiteres Mal treffen, weit weg in einem Wald bei Trubenbronn? Fragen über Fragen.

Karoline Schneid winkte eine Beamtin heran: »Überprüfen Sie noch mal das Überwachungsvideo von der Tankstelle. Ich will wissen, welche Schuhe Weidner darauf trägt.«

Die Frau grinste. »Schuhe sind mein Ding.«

»Wie schön«, murmelte Karoline und lehnte sich wieder zurück. Sie hatte gerade die Augen erneut geschlossen, als etwas gegen ihren Stuhl klopfte.

»Immer noch derselbe Sperrmüll?«, fragte eine Stimme, die sie gut kannte.

Sie brauchte die Augen nicht öffnen, um ihn zu begrüßen. »Professor Hoffmann.« Karoline bemühte sich, in ihre Stimme eine gute Portion des üblichen Sarkasmus zu legen, aber es wollte ihr nicht gelingen. Der pensionierte Pathologe und sie waren sich bei ihrem letzten Fall ein wenig näher gekommen. Sie öffnete die Augen, und das half: der weiße Anzug, der Dandy-Spazierstock und das gewohnte arrogante Grinsen. Nein, das hier war immer noch derselbe alte Chauvinist. Wobei der Akzent inzwischen, wie sie unwillkürlich ergänzte, deutlich auf »alt« lag. »Was kann ich für Sie tun?«

Hoffmann nahm die dünne Mappe, die er unter dem Arm geklemmt hielt, und legte sie vor die Kommissarin. »Frage nicht, was dein Land für dich tun kann«, zitierte er.

Misstrauisch nahm Karoline die Akte. »Der Verkehrstote?«, fragte sie erstaunt, nachdem sie das Deckblatt studiert hatte. »Von der B2?«

»Die Brandleiche des Lehrers Hammer, ja.« Hoffmann räusperte sich.

Karoline wusste nicht recht, wie sie reagieren sollte. »Ich dachte, der wäre vom Tisch?«

»Nicht von meinem«, erklärte Hoffmann mit schlecht gespielter Bescheidenheit. »Nun ja, im Grunde geht die Initiative auf einen gemeinsamen Freund zurück.«

Karoline Schneid hatte schon den Mund geöffnet, um »Viktor Anders« zu sagen. Der Juckreiz setzte wieder ein.

»Aber«, fuhr Hoffmann fort und hob den Zeigefinger.

Oh, wie sie diese Geste hasste!

»Nicht ohne Erfolg. Wie wir beide wissen, verfügt er über ein gewisses Naturtalent.«

»Ja, dafür, in die Bredouille zu geraten«, murmelte sie.

Ihr Assistent kam und legte ihr ein Formular auf den Tisch. Er sah düster aus.

»Die DNA? So schnell?« Verblüfft schaute Karoline ihn an.

Hoffmann hüstelte dezent. »Ich habe mir erlaubt, meinen werten Kollegen, Professor Brandstätter, darauf hinzuweisen, wie wichtig der Fall ist.«

Sie ignorierte ihn und überflog die Eintragungen in den Tabellen. »Er ist nicht der Vater«, stellte sie enttäuscht fest. »Pohl ist es nicht.«

Ihr Assistent nickte. »Das heißt aber nicht, dass er nicht

der Mörder war. Er wusste es ja nicht.« In seiner Stimme schwang Hoffnung.

»Genau«, stimmte sie ohne Begeisterung zu. Dem Staatsanwalt würde das trotzdem nicht gefallen. Es schwächte das Motiv.

»Mit Verlaub.« Hoffmanns Finger trommelten auf seiner Akte herum. »Wenn wir noch einmal zu meinem Toten kommen könnten.«

»Sie meinen Viktors per Naturbegabung getätigte Entdeckung?« Karoline Schneid seufzte, als im selben Moment ihr Handy klingelte und sie Viktors Nummer auf dem Display sah. Wenn man vom Teufel sprach. Sie drückte den Anruf weg und verschränkte die Arme. »Ich höre.«

»Der bedauernswerte Herr Hammer war im Grunde schon tot, als er ins Auto stieg«, begann Hoffmann. »Er litt an einem inoperablen Gehirntumor und hatte nur noch wenige Wochen zu leben. Die genaue Prognose meines Kollegen, des werten Professor Zobel von der Onkologie…« Er blätterte mit einer Hand in der Akte.

Karoline, der das entschieden zu viele Professoren waren, winkte ab. »Ja?«, fragte sie.

Hoffmann verzog die Mundwinkel zu einem dünnen Lächeln. »Man fragt sich doch, warum die Ehefrau nichts davon erwähnt hat.«

Karoline zog die Brauen hoch. »Wir haben die Dame nicht vernommen.«

»Viktor hat.« Hoffmann schaute sich nach einer Sitzgelegenheit um.

»Viktor hat was?« Ihre Stimme hob sich.

Hoffmann angelte mit dem Stock nach der Lehne des zweiten Stuhles und zog ihn zu sich heran. »Mit der Dame gesprochen. Dieser Frau Hammer. In seiner Eigenschaft als Bestatter natürlich.«

Karoline verkniff sich einen Kommentar. An dem, was Viktor so zu tun pflegte, war absolut gar nichts natürlich. Ihre Kiefer mahlten. Hoffmann tat ihr nicht den Gefallen weiterzusprechen. Schließlich brachte sie widerwillig heraus: »Vielleicht wusste sie nichts davon. Trotzdem begreife ich nicht, was das Ganze mit uns zu tun haben sollte, Professor. Ich habe hier drinnen einen Verdächtigen sitzen und bin wirklich nicht an Ihren und Viktors Thesen interessiert.« Sie tat, als wollte sie aufstehen.

Hoffmann blieb unbeeindruckt. »Sie war bei den Arztbesuchen dabei, sagt mein Kollege. Nein, nein«, er schüttelte den Kopf. »Das Einzige, was Frau Hammer nicht wusste, ist, dass ihr Mann sie bis auf den Pflichtteil enterbt hat, zugunsten«, hier machte er eine Kunstpause, »eines gewissen Clemens Weidner.«

Karoline erstarrte. »Woher«, stammelte sie endlich, »wissen Sie das?«

Hoffmann strahlte. »Nun, ich dachte mir, ein Todgeweihter würde doch für seinen Nachlass sorgen. Und beim Nachlassgericht sitzt ein alter Freund von mir.«

»Ein werter Professor, nehme ich an.« Karoline war sauer. »Ja, die Herren kennen einander.«

»Doktor phil. habil.«, korrigierte Hoffmann sie ungerührt.

Die junge Kommissarin riss sich zusammen. Das hier ging sie in der Tat etwas an. Woher die Information kam, war zweitrangig. Zwar sträubte sich alles in ihr, noch einmal mit Hoffmann und seinem Adlatus Viktor zusammenzuarbeiten. Aber dagegen, Peter Pohl weiter zu bearbeiten, sträubte sich ein anderer Teil von ihr fast ebenso sehr.

»Der Tote war Lehrer«, las sie in der Akte. »Ich erinnere mich.« Sie blätterte. »War er etwa an der Schule, an der Ruth Weidner Schülerin war?« Im Kopf rechnete sie nach. Nein, es kam nicht hin, Hammer war zu jung. Er passte nicht in die Geschichte.

»Seine Frau sagt, nein.«

»Sagt Viktor«, fiel Karoline ein.

Hoffmann nickte. »Und es stimmt. Ich habe mich im Bildungsministerium erkundigt.«

»Bei einem alten Kollegen«, ergänzte Karoline. Sie bemühte sich um einen neutralen Ton.

»In der Tat. Frau Doktor Beständig. Ihr Mann ist ein Studienfreund von mir. Er lehrt heute in Freiburg.«

Karoline nickte, als kenne sie das. Wer hatte sie nicht, die alten Studienfreunde, die heute wer weiß wo herumlehrten? »Ein schönes Städtchen.«

»O ja«, bestätigte er. »Und man ist so schnell in Frankreich.« Den Blick, den sie ihm daraufhin zukommen ließ, lächelte er weg. »Frau Dr. Beständig bestätigt Viktors Aussage. Und auch die von Frau Hammer. Hammer war als Referendar an einer Schule in Fürth, danach in Stein. Aber sie hat auch gesagt, dass Herr Hammer, wie jeder Lehramtsstudent, in den ersten Semestern seines Studiums ein Schulpraktikum absolviert hat. Und raten sie, wo.«

Karoline tat ihm den Gefallen nicht, darauf zu antworten. Aber sie lächelte.

Hoffmann gab nach. »Und zwar war er in einer Abiturklasse eingesetzt. Genau in der, die Sie, wie ich vermute, lächeln lässt. In der von Ruth Weidner. Da er nur Praktikant war, ist er nicht im Verzeichnis der Lehrkräfte aufgeführt. Aber er war da.«

Karolines Handy läutete erneut. Sie ignorierte es. Zum ersten Mal seit Stunden fühlte sie sich wieder wohl. Sie lehnte sich auf ihrem Stuhl zurück. Ein Sperrholzmöbel, Hoffmann hatte völlig recht. Sogar darüber war sie bereit zu lächeln. Sie hob die Hand. »Bringen Sie mir einen Kaffee«, sagte sie zu der Gestalt, die gerade hereinkam. »Und einen für den werten Herrn Professor hier.« Sie sagte es ohne jede Ironie.

Die Gestalt blieb im Türrahmen stehen. »Ich denke ja gar nicht daran«, sagte sie.

Mit einem Ruck fuhr Karoline ganz zu ihr herum. Doch es war nicht, wie sie vage angenommen hatte, die Beamtin mit dem Schuhtick. Vor ihr stand eine Mittvierzigerin mit rotem Pagenkopf und gruselig braunem Gesicht.

»Darf ich vorstellen.« Professor Hoffmann hatte sich erhoben, ganz Gentleman. »Frau Kriminalhauptkommissarin Schneid. Die verwitwete Frau Studienrat Hammer.« Seine Hand wies von einer zur anderen.

»Haben Sie etwa ...?«, schaffte es Karoline noch, ihm zuzuflüstern.

Beflissen schüttelte er den Kopf.

Frau Hammer trat vor. »Ich bin hier«, sagte sie, »um eine Anzeige zu machen. Es geht um Mord.«

Viktor widersprach so heftig, dass er beinahe von der Straße abgekommen wäre. »Nein«, rief er in sein Mobiltelefon. »Ich muss die Kommissarin persönlich sprechen.«

Karoline Schneids Assistent blieb hart. »Die Frau Kommissarin befindet sich in einem wichtigen Gespräch und kann nicht gestört werden.«

»Aber es geht um ein Menschenleben«, beharrte Viktor.

»Genau«, gab ihm der Assistent recht. »Darum geht es bei der Mordkommission. Das ist unser Job.« Er betonte das Wort *unser*.

»Hier wird vielleicht jetzt gleich ein Mensch ermordet.« Viktor lenkte mit einer Hand um die nächste Haarnadelkurve. Das rechte Reifenpaar kam von der Straße ab und zermalmte Zweige auf dem schmalen Randstreifen. Das Reh, dachte Viktor, hätte heute keine Chance. »Ein Priester«, setzte er hinzu. »Ein Mönch!«

»Ein Mönch.« Der Assistent kräuselte die Lippen, Viktor konnte es hören. »Soso.«

»Ja, ein Schweigemönch, ein Kartäuser.«

Im Hörer war es still. Dem Assistent war der Begriff Kartäuser nur von Klößen her bekannt. Seine Mutter hatte die immer mit Vanillesoße gemacht.

»Die Russen werden ihn killen, wenn wir nicht eingreifen.« Viktors Stimme überschlug sich.

»Ach, die Russen! Klar«, antwortete der Beamte sarkastisch. Und gab es da nicht auch Kartäuserkatzen? So große graue?

»Ja, die Freunde von Dimitri Volkov! Verstehen Sie jetzt?«

Der Assistent verstand. Volkov war ihm ein Begriff. Endlich hatte er wieder festen Boden unter den Füßen.

»Hallo?«, brüllte Viktor in den Hörer. Im selben Moment sah er das Tier. Es brach auf der rechten Seite aus dem Unterholz und sprang in Richtung seines Kühlers. Er trat auf die Bremse.

Karoline Schneids Assistent ignorierte den Schrei, der aus dem Hörer drang ebenso wie das folgende Reifenquietschen. Als es wieder still war, sagte er: »Dimitri Volkov ist kein Russe, er ist Ukrainer. Diesen Unterschied sollte ein gebildeter Mensch kennen, gerade heutzutage.« Damit legte er auf.

Viktor hob den Kopf vom Lenkrad. Er blickte in die unschuldig braunen Augen eines Rehs, das wiederkäute. Er seufzte. Das Mobiltelefon entglitt seinen zitternden Fingern und fiel zwischen seine Füße. Er trug noch Hausschuhe.

»Kretin«, sagte er leise, nicht sicher, ob er sich selbst meinte oder seinen Telefonpartner. Oder den Verantwortlichen für diese ganze, verfehlte Schöpfung.

Das Reh zuckte sacht mit den Ohren.

31

Volkovs Freund Nummer eins, wie Viktor ihn im Geiste nannte, war sichtlich irritiert von dem Treffpunkt. Er war mittelgroß, mit breitem Brustkorb und das T-Shirt sprengenden Muskeln. Er hatte eine Vokuhila-Frisur, von der man nur hoffen konnte, dass sie retro gemeint war. Aber er hielt Julia im Würgegriff, einen Arm hatte er ihr auf den Rücken gedreht.

Julia hatte die Augen geschlossen, soweit Viktor das durch ihre nach vorne hängenden Dreadlocks erkennen konnte. Wie eine Puppe hing sie in den Armen des Mannes. Aus ihrem Mundwinkel lief ein Sabberfaden auf die Unterarmtätowierung ihres Entführers.

Der gönnte der fränkischen Herbstlandschaft einen missmutigen Blick. »Hier ist Arsch von Welt. Du sicher, hier ein Mörder?«

»Arsch *der* Welt«, korrigierte Viktor ihn, obwohl Freund Nummer zwei ihm eine Pistole entgegenstreckte. Zumindest *ein* Mörder war ganz sicher hier, in den Gärten des Klosters Trubenbronn. Trotzdem gab Viktor nicht klein bei. »Ein Arsch *von* Welt wäre etwa der der Queen.«

Der Pistolenmann spuckte aus. Ihm fehlte ein Eckzahn. Ansonsten hätte er gut ausgesehen, dunkel, mit großen braunen Augen. Rehaugen. Wie man sich täuschen konnte. »Die Alte ist so gut wie tot, wenn du so weitermachst«, sagte er. Womit sie beim Thema wären.

»Lass sie los«, verlangte Viktor.

Nummer eins zog den Würgegriff enger. »Der Priester!«

Viktor nickte zu dem Haupthaus hinüber. »Das linke Nebengebäude. Im Erdgeschoss. Seine Zelle ist die zweite von links.«

»Zelle!« Der Pistolenmann spuckte erneut. Offenbar mochte er das Wort nicht. Er hatte seine Erfahrungen gemacht.

Viktor fiel etwas ein. »Heh, müsst ihr den Mann wirklich umbringen? Offenbar hat er doch schon lebenslänglich.« Er grinste schwach. Es war kein guter Versuch, das wusste er.

Nummer eins gab Julia einen derben Stoß. Sie stolperte auf Viktor zu, der sie besorgt auffing. Sie war schwerer, als er gedacht hatte. Und sie roch nach Erbrochenem und Alkohol. In seiner Erinnerung war sie attraktiver gewesen.

»Und lasst euch bloß nicht mehr blicken.« Das war der Abschiedsgruß der beiden Ukrainer. Mit schweren Schritten gingen sie auf die Klostergebäude zu, den Weg entlang, den Viktor ihnen gewiesen hatte.

Viktor fasste Julia bei den Schultern und musterte sie auf bleibende Schäden. Jemand hatte ihr ein paar Dreadlocks abgeschnitten. Ansonsten sah sie – nein, nicht wirklich gut aus. Aber den Umständen entsprechend. Sie wankte ein wenig unter seinem Griff, bekam aber die Augen auf.

»Hat wirklich der Priester Clemens umgebracht?«, fragte sie mit schwerer Zunge.

Er schaute sie an. »Sag du es mir.«

Julia blinzelte. Sie öffnete den Mund, brachte aber nichts heraus. Schließlich sagte sie: »Wir müssen hinterher. Wir können sie doch nicht einfach machen lassen.«

Viktor schaute in Richtung des Hauptgebäudes. Sie hatte recht. Sie konnten nicht hier herumstehen und tatenlos bei einer Hinrichtung zusehen. Andererseits …

Er wählte noch einmal die Nummer von Karoline Schneid.

32

Die Kommissarin blätterte in dem Konvolut, das Frau Hammer mitgebracht hatte. Es handelte sich um mehrere ledergebundene Büchlein, die der verstorbene Lehrer wohl als eine Art Tagebuch benutzt hatte. Goldschnitt, notierte sie im Geiste. Und sie würde wetten, dass er einen Montblanc-Füller benutzt hatte. Was man eben so tat, um aus dem eigenen Geschreibsel etwas Besonderes zu machen. Zu einer intensiven Lektüre allerdings kam sie nicht.

»Larmoyantes Zeug, von vorne bis hinten.« Die Witwe schnaubte. »Der Kerl tat sich einfach nur selbst leid. An andere hat er nie gedacht.«

Karoline hielt im Blättern inne. »Nun, immerhin hat er doch offenbar Interesse an Clemens Weidner gefasst.«

»Der Kleine, der plötzlich auftauchte und seinen Papa suchte?« Frau Hammer lachte. Es war ein erschreckender Laut, der Karoline und auch Hoffmann zusammenzucken ließ.

Der Pathologe erhob sich, um, wie er sagte, Frau Hammer einen Kaffee zu holen. Sie tat ihm nicht den Gefallen zu erröten.

»Sie hätten sehen sollen, wie er sich auf den Jungen gestürzt hat. Wie ein Geier auf die Beute. Endlich jemand, der ihm zuhörte in seinen Seelenklagen. Endlich eine Anteil nehmende Seele, ein junges, prägbares Gemüt, das man beeindrucken konnte. Nicht fickbar, aber immerhin.« Sie überhörte das deutliche Geräusch, mit dem Karoline Schneid umblätterte. »Der arme Junge hielt ihn ja für seinen Papa. Es war nur eine Möglichkeit, er hatte keine wirklichen Anhaltspunkte. Aber Helmut hat das schon genügt. Zu seinem geistigen Erbe sollte dieser Bengel werden, die Fackel weitertragen. Geistiges Erbe, ha! Das Erbe, das Helmut bei seinen Schülerinnen hinterließ, war ja wohl weniger geistig als ...«

»... sehr körperlicher Natur, das habe ich inzwischen verstanden, Frau Hammer. Und die Umdeutung der erhobenen Fackel im Geiste Freuds ersparen wir uns.« Karoline klang streng.

Frau Hammer lehnte sich beleidigt zurück. »Machen Sie nicht mich dafür verantwortlich. Er war der Geschmacklose von uns beiden.«

Nun, das war nicht ganz von der Hand zu weisen.

Karoline las den Text quer und bemerkte, dass Hoffmann nicht wiederkam. Sie konnte es ihm nicht verdenken. »Vielleicht«, las sie, »kann nur ein Mann, ein unreifer, sich in der Welt noch formender, männlicher Geist, begreifen, was einen anderen Mann umtreibt. Es gibt so vieles, was ich meinem Sohn sagen, so vieles, was ich ihm geben möchte. Ich weiß, wie hart es ist, jung und unverstanden zu sein und den Mund halten zu müssen zu den Dingen, die einem wichtig sind.«

Oh ja, dachte Karoline. Aber noch viel schlimmer war es, alt und immer noch unverstanden zu sein. Und dann die Klappe nicht halten zu können. Gnadenlos ging es weiter.

»Man muss viel nachdenken, in sich gehen. Sich setteln. Über das nachdenken, was man hat.«

Karoline blinzelte. Irgendetwas an dem falsch eingedeutschten Wort »setteln« irritierte sie. Dann kam sie darauf: settle down, think a lot. About all the things you've gotten. Das war »Father and Son« von Cat Stevens, unwillkürlich begann sie, den Song vor sich hinzusummen.

»Wie bitte?«

»Oh, Verzeihung.« Karoline verstummte rasch wieder. Aber es war unverkennbar. Was würde folgen: Find ein Mädchen, lass dich nieder, wenn du willst, kannst du heiraten? Schau mich an, ich bin alt, aber glücklich? Tja, das hatte bei Hammer selbst wohl nicht so geklappt. Verständnisvoll stellte sie fest, dass der Lehrer in der Folge vom Originaltext abwich. Aber hatte er überhaupt bemerkt, dass sein persönliches Testament, seine Beichte, in Wirklichkeit aus den Worten eines anderen bestand? Aus einem abgekupferten Schlagerklischee?

»Traurig!«, sagte sie laut.

»Ein wahres Wort.« Zum ersten Mal, seit sie hier war, entspannte Frau Hammer sich.

Dann klappte Karoline das Buch zu. »Trotzdem muss ich Sie enttäuschen. Ihr Mann hatte kein Motiv, Clemens Weidner zu ermorden. Er hat ihn geliebt. Hier steht es ja. Er hat ihm sogar sein Vermögen vererbt. Wussten Sie das eigentlich?«, fragte sie und wartete, bis Frau Hammer das Gehörte verdaut hatte.

Ihr faltig gegerbtes Gesicht bot nicht mehr viele Ausdrucksmöglichkeiten. Trotzdem war zu erkennen, wie sie von Nichtbegreifen über Staunen zu blanker Wut fand.

»Hier«, sagte Karoline und hielt ihr die Kopie des Testamentes hin, die Hoffmann besorgt hatte.

Frau Hammer las es mit mahlendem Kiefer. Sie schaute auf. »Aber jetzt ist der Junge tot«, wandte sie ein.

»Damit ginge das Erbe an seine Mutter, Ruth Weidner.«

Frau Hammers Augen wurden groß. »Eines von seinen Flittchen?«

»Das ist eine Unverschämtheit!« Karoline und Frau Hammer drehten sich gleichzeitig nach dem Neuankömmling um.

Ruth Weidners Haar war beinahe so rot wie das der Lehrergattin, aber an ihr sah es natürlicher aus, durchzogen von braunen und grauen Strähnen und in seiner Widerspenstigkeit nachlässig zu einem Pferdeschwanz gebändigt. Sie war noch immer groß für eine Frau und üppig, aber sie wirkte nicht mehr verdruckst und unglücklich, wie auf ihrem alten Klassenbild. Löwenfrau, war das Wort, das Karoline für sie einfiel. Einer dieser Mutter-Erde-Typen, die das Kommando übernahmen, wo immer sie auftraten. Frau Weidner trug ein weit geschnittenes Leinenkostüm und bequeme Schuhe. Sie stellte ihre Reisetasche auf den Tisch und war da. Für die meisten genügte das, die Luft erst einmal anzuhalten.

Selbst Frau Hammer war einen Moment sprachlos. Sie war es gewohnt, mit sechzehnjährigen Elfen konfrontiert zu werden. Das hier war neu für sie.

Ruth Weidner ignorierte sie. »Ich bin so schnell gekommen, wie ich konnte«, sagte sie.

Karoline stand auf und wiederholte, was sie schon am Telefon gesagt hatte. »Es tut mir sehr leid.«

»Wissen Sie, wer meinen Sohn ermordet hat?«

»Frau Weidner, ich ...«

»Klar weiß sie es.« Frau Hammer hatte Zeit gehabt, zu sich zu kommen. »Hier!« Triumphierend hielt sie Frau Weidner das Tagebuch ihres toten Mannes hin. Es war bei einem der letzten Einträge aufgeschlagen.

Und Ruth Weidner las: »Ich bin enttäuscht. Zu Tode enttäuscht. Clemens besitzt nicht das Verständnis, das ich von ihm erwartet habe. Er ist unfähig zu wahrer Empathie, einfach unfähig. Bitter, das so spät zu erkennen. Unmöglich kann er mein Erbe sein, seine seelische Taubheit spricht gegen ihn. Ein Kind von mir, das nicht weiß, was heiße, tiefe, zitternde, tastende Liebe ist?«

»Undsoweiterundsofort.« Frau Hammer lehnte sich zurück. »Der Eintrag ist jünger als das Testament, wenn auch nur einen Tag. Ich werde es anfechten. Und Sie«, fuhr sie an Clemens' Mutter gewandt fort, »sehen nicht einen Cent, das ist mal sicher.«

Die Ohrfeige, die Ruth Weidner in Frau Hammers Gesicht landete, kam überraschend. Die Lehrerwitwe schrie auf und riss das Tagebuch an sich, das ihre Gegnerin instinktiv umklammert hielt. Als sie es endlich in Händen hielt, drosch sie damit auf Frau Weidner ein, als ginge es um ihr Leben. Die wiederum hob den Fuß und trat ihr mit voller Wucht gegen das Knie, um sich zur Wehr zu setzen. Eine gut geübte, effektive Geste. Dennoch – war es der ungünstige Winkel oder der Jetlag – sie ging dabei selbst mit zu Boden. In der Horizontalen dann lösten sich die auf beiden Seiten angestauten Emotionen ungebremst.

Karoline sank zurück auf ihren Stuhl. Sie verspürte eine gewisse Müdigkeit. Also alles wieder auf Anfang, dachte sie. Der Zusammenbruch des kleinen Schreibtisches übertönte das Klopfen an der Tür.

Ihr verstört blickender Assistent schob seinen Kopf durch die Tür. »Tut mir leid, wenn ich störe. Aber da ist schon wieder so ein Irrer am Telefon, der behauptet, die Russenmafia würde gleich einen Kartäusermönch ermorden. Sie kennen ihn, er heißt…«

Es sprach für Karoline Schneids Intelligenz, dass sie sofort aufsprang.

Ihr Assistent blickte an ihr vorbei auf die inmitten der Trümmer verbissen kämpfenden Frauen. »Was ist das?«, fragte er.

»Sperrholz! Lassen Sie es abholen.«

33

Viktor und Julia standen eine ganze Weile auf dem Friedhof herum. Sicher wäre es klug gewesen, so schnell wie möglich zu verschwinden.

Sie schauten einander an. Als sie den ersten Schrei hörten, liefen sie los. In die Richtung, aus der er kam.

»Die Polizei wird doch sicher bald hier sein«, keuchte Julia.

»Sicher«, log Viktor und dachte an die lange, einsame Strecke durch den Wald bis zur Straße. »Es ist dort vorne links.« Der kleine Raum hatte sich seit seinem letzten Besuch kaum verändert. Nur wirkte er jetzt ein wenig überfüllt. Und jemand hatte den Bewohner mit ausgestreckten Armen und Beinen an das große Wandkreuz gefesselt, ikonographisch eine Mischung aus Jesus und heiligem Andreas. Die Verursacher allerdings pfiffen auf Ikonographie.

Julia und Viktor blieben stehen. Sie war schon dabei, in das Zimmerchen zu taumeln, als er sie gerade noch zurückriss und neben sich an die Wand des Flures presste.

Die beiden Ukrainer schienen nichts bemerkt zu haben. »Auge um Auge, Zahn um Zahn«, sagte Nummer eins gerade. »Das kennst du doch.« Er ließ sich Zeit bei was immer er tat. »Also: Hast du den Jungen umgebracht?«

»Welchen Jungen?«

Viktor bewunderte die Geistesgegenwart des Paters. In seiner Stimme lag kein Hauch von Angst oder Heuchelei. Aber hatte er nicht auch ihn damals in aller Ruhe belogen? »Die Polizei hat mich angerufen, dass wir eine Leiche haben.« War es nicht das, was er gesagt hatte? Dabei musste er doch gewusst haben, dass der Junge da lag! Und kein Wort davon, dass er Clemens gekannt hatte. Seelenruhig hatte er dem Toten ins Gesicht geleuchtet wie einem völlig Fremden.

Allerdings: Abgesehen davon, dass er aufgetaucht war wie ein Geist, hatte er überhaupt nicht wie ein Mörder ausgesehen. Nein, wie ein Engel hatte er gewirkt. Und Tobias hatte ihm vertraut. Er hatte sich ohne jeden Protest von ihm berühren lassen. Mit einem Mal stand Viktor das Bild der beiden wieder vor Augen.

»Juri, der Junge, wie heißt?« Nummer eins wandte sich offenbar an seinen Kumpel. Viktor wagte es, um die Ecke zu linsen und sah, wie Nummer zwei einen Zettel aus seiner Tasche zog. »Clemens Wejdner«, las er vor, faltete das Stück Papier zufrieden wieder zusammen und steckte es ein.

Nummer zwei nickte. »Clemens Wajdner.« Er drehte sich wieder zu dem Pater um. »Hast du totgeschlagen Clemens Wajdner?« Jetzt konnte Viktor auch sehen, was er in den Händen hielt: Hammer und Nagel.

Viktor stöhnte.

»Was sagst du? Du musst deutlich reden. Ist wichtig, was

du sagst. Denn wenn du ihn hast totgeschlagen, wirst du sterben. Wenn nicht, lebst du. Aber es muss die Wahrheit sein.« Nummer eins klang selbstgefällig. »Ich nehme meine Arbeit ernst.«

Pater Sebastian antwortete etwas. Viktor spitzte die Ohren. Nummer eins lachte. »Richtig«, sagte er. »Kann ich nicht wissen. Was du sagst, kann wahr oder falsch sein. Und was ich glaube, kann auch wahr oder falsch sein. Haben wir Problem. Wir werden lösen.« Man hörte ein Hämmern.

Viktor zuckte zurück und wartete auf den Schrei. Er kam nicht. Trotzdem hätte er sich beinahe übergeben. In seiner Hand spürte er die klebrigen Finger Julias, die sich in seine schoben und sie fest umfassten. Er drückte zurück. Sie anzusehen wagte er nicht.

»Also?«, fragte Nummer zwei.

Die Stimme des Paters klang jetzt kurzatmig und unterdrückt. »Clemens hatte mir geschrieben. Er wollte vorbeikommen. Wir hatten am Telefon etwas vereinbart. Aber er erschien nicht. Kurze Zeit später rief die Polizei an. Er war tot. Er war schon tot«, fuhr er lauter und schneller fort. Der Pater schnappte nach Luft. »Bitte, ich ...«

»Haben wir wieder Problem.« Nummer zwei klang weiterhin ungerührt. »Ist das wahr, was du sagst? Kann ich glauben? Wir prüfen.«

Viktor kniff die Augen zusammen und spannte alle Muskeln an, um zu ertragen, was als Nächstes kommen würde. Es ging nicht.

»Halt«, schrie er, noch ehe das Hämmern erneut ertönen konnte. Er sprang in die offene Tür. »Nicht!« Der Anblick des Paters, von dessen durchbohrter Hand das Blut die Wand hinunterrann, ließ ihn innehalten. Schon hatte Nummer zwei ihn im Visier, packte ihn und zerrte ihn mit der freien Hand in das Zimmer. »Soll ich ihn erschießen?«

Nummer eins war ungebrochen guter Dinge. »Lass ihn, sieht der Mönch gleich, wer ihn verraten hat. Was meinst du?«, wandte er sich an Viktor. »Wird er dir vergeben?« Er wedelte mit dem Hammer in seiner Rechten über seine Schulter in Richtung des Paters.

Viktor wagte es nicht, Sebastian Bergmann anzusehen. Er sank auf den einzigen Schemel in der Zelle. Nummer eins neigte sich dicht zu ihm herab. »Und, was sagst du? War er es?«

Kurz erwog Viktor zu lügen. Doch er hatte keine Kraft dazu. »Ich weiß es nicht«, bekannte er. Dann fiel ihm etwas ein. »Aber mein Cousin. Tobi.« Er schluckte. Wie sollte man das ausdrücken? Wie ließ Tobi sich fremden Menschen in wenigen Worten erklären? »Als wir Clemens fanden, waren wir zu zweit. Mein Cousin und ich. Dann kam der Pater dazu. Er wusste durch einen Anruf der Polizei, dass wir eine Leiche gefunden hatten. Er wollte sie sehen. Ich glaube inzwischen, dass er nicht wusste, wer der Tote war. Dass er nur dachte, es könnte Clemens sein, und sich versichern wollte. Gesagt hat er nichts. Aber Tobi.« Wieder hielt Viktor inne. »Tobi ist nicht wie andere Menschen. Er ist«, er suchte nach dem richtigen Wort. Was hieß autistisch auf Ukrainisch?

»Verrückt. Nein, das stimmt nicht. Er nimmt andere Dinge wahr. Er kann sehr klug sein. Aber er ist wie ein Kind. Er redet nicht.« Viktor hielt inne. Das klang jämmerlich. Wieso war es so schwer zu beschreiben, wer oder was Tobi war?

»Jedenfalls ist Tobi sofort zu Bruder Sebastian hingegangen. Er hat ihn umarmt. Das macht er nicht mit jedem. Er lässt sich sonst nicht gern anfassen. Aber bei ihm war es kein Problem.« Viktor holte noch einmal Luft und überdachte das Gesagte. »Ich glaube, wenn der Pater kurz vorher jemanden umgebracht hätte, hätte Tobias das gespürt. Das glaube ich.« In dem Moment, in dem er es aussprach, begriff er, dass er es ernst meinte. Jetzt hob er auch den Kopf. Seine Augen trafen die Sebastian Bergmanns. Verzeihung, bettelte sein Blick. Verzeih mir, dass ich erst jetzt darauf komme. Dass ich erst jetzt wirklich wahrnehme, was ich fühle. Aber was würden Dimitris Freunde dazu sagen? Er schätzte, zu Gefühlen hatten sie ein ähnliches Verhältnis wie zur Ikonographie.

Nummer eins legte den Kopf schräg und kniff die Augen zusammen. »Okay.« Er ließ den Hammer sinken.

Nummer zwei entspannte den Schussarm.

Verdattert schaute Viktor von einem zum anderen. So schnell war noch keines seiner Hirngespinste Wirklichkeit geworden.

»Ein heiliger Narr, eh?« Nummer eins ließ sich mit einer Arschbacke auf dem Tisch nieder. »Sein Onkel«, er wies mit dem Hammer auf Nummer zwei, »ist auch ein Narr. Aber er brennt den besten Wodka weit und breit.«

Wie aufs Stichwort holte Nummer zwei eine Flasche aus der Innentasche seines schäbigen Jacketts. Er reichte sie seinem Freund, der einen kräftigen Schluck nahm, Viktor ebenfalls einen aufdrängte und dann aufstand, um auch dem noch immer gefesselten Pater einen kräftigen Schluck einzuflößen. Der Alkohol lief Sebastian Bergmann übers Kinn. Das Blut an seiner Hand gerann langsam. Nummer eins tätschelte ihm die Wange. »Bist du der Vater?«, fragte er plötzlich.

Alarmiert sagte Viktor: »Der Vater muss nicht der Mörder sein!«

»Warum nicht?« Das kam von Nummer zwei. Er hatte wirklich schöne, traurige braune Augen. »Mein Vater war ein Mörder. Er wollte auch mich erschlagen. Aber ich war schneller.« Er streckte die Hand nach der Wodkaflasche aus, bekam sie und trank. Dann lachte er laut. »Nur ein Scherz.«

Viktor wandte sich an den Pater. »Sollten Sie nicht alles erzählen?«

Sebastian Bergmann hob das Kinn. »Was Ruth Weidner mir anvertraut hat und was sie wünscht, unterliegt dem Beichtgeheimnis, und ich werde nicht...«

Unterbrochen wurde er vom Hals der Flasche, die Nummer eins klirrend zwischen seine Zähne stieß.

Viktor presste unwillkürlich die Kiefer zusammen. Trotzdem, diese Sturheit. War das klug? Jetzt wusste er wieder, warum er aus der Kirche ausgetreten war.

»So, sie hat also bei dir gebeichtet?« Nummer zwei

wirkte amüsiert. »Und du hast ihr die Absolution erteilt?« Seine Hand schoss vor und umfasste Bergmanns Geschlecht. »Mit dem hier?«

Bergmanns und Viktors Blick fielen gleichzeitig auf den Hammer und die Nägel, die unberührt auf dem Tisch lagen.

»Nein!« Der Pater stöhnte. »Nicht mit dem hier. Bitte.« Er rang mit sich. »Ruth ist zu mir gekommen, als sie schwanger war. Sie wollte, dass jemand mit ihren Eltern redete. Das war vergebens; sie verstießen sie quasi. Ich hab mich dann um sie gekümmert und wurde Clemens' Pate. Auch als sie wegzog, blieben wir in Kontakt. Bis ich dann in den Orden eintrat. Deshalb war sie, glaube ich, verletzt.«

»Sauwütend war sie, du Arschloch, du hast sie im Stich gelassen.« Alle drehten sich um zu Julia, die noch immer leicht schwankend, aber aufrecht, in der Tür stand. Ihre Stimme allerdings war wieder fest. »Du hättest mal hören sollen, wie sie über dich geredet hat.«

»Julia!« Viktor sprang auf und führte sie, Nummer zwei argwöhnisch im Auge behaltend, an den Tisch. In Ermangelung anderer Sitzgelegenheiten nahm er sie auf den Schoß. »Sie hat es nicht so gemeint«, sagte er entschuldigend zu Bergmann. »Sie ist betrunken.«

Ehe er fortfahren konnte, war Nummer eins am Tisch, hatte sich das Werkzeug geschnappt und schlug mit Schwung einen zweiten Nagel ein. In Bergmanns linke Handfläche. Diesmal schrie der Pater.

Viktor und Julia zuckten zusammen. Nummer zwei grinste und bot ihnen die Flasche an.

»Strafe muss sein.« Nummer eins nickte ernst. »Du hast Dimitris Sohn im Stich gelassen.« Er überlegte. »Aber ermordet hast du ihn nicht. Hm.« Ebenso langsam, wie er vorhin fix gewesen war, ging er an den Tisch zurück und setzte sich auf die Kante. »Was machen wir jetzt?«

Pater Sebastian hielt die Augen geschlossen. Er weinte. »Es tut mir leid«, sagte er. »Es tut mir alles so leid.«

Draußen war ein Geräusch zu hören, nicht mehr als ein leises Klicken. Die beiden Ukrainer schauten sich an. Im nächsten Moment waren sie mit einem Hechtsprung durch das Fenster verschwunden.

Das Hochbeet, dachte Viktor noch. Wie gut, dass es da stand.

In der nächsten Sekunde explodierten die Tränengas-Granaten der Sondereinheit.

34

Eine Stunde später saß Karoline Schneid einem Pater in seiner Zelle gegenüber, mit verbundenen Händen und sichtlich angeschlagen, der hartnäckig darauf bestand, jemandem die Beichte abgenommen zu haben, sonst nichts.

»Und was in der Beichte gesagt wird, fällt unter das Beichtgeheimnis, Frau Kommissarin, ich bedauere.«

Karoline trommelte mit den Fingern auf die Tischplatte. Sie erwog die Verletzungen, die Flecken an der Wand, wo immer noch Blutspuren zu sehen waren, und sie betrachtete argwöhnisch die gesenkten Scheitel von Julia und Viktor. Doch sie hatte einiges von ihrer üblichen Schärfe verloren. Das mochte an den acht Augenpaaren liegen, die sie aufmerksam, aber stumm betrachteten. Die acht Nonnen hatten sich wie ein Mann hinter Pater Sebastian aufgebaut und taten, was sie zu tun pflegten: Sie schwiegen.

Karoline setzte sich gerader hin. Zwar konnte sie auf ein ganzes Kommando der Sondereinheit verweisen, ebenfalls in strengem Habit, ebenfalls in einer Reihe aufgebaut, das hinter ihr stand und nicht weniger streng und schweigsam dreinsah. Aber irgendwie lagen die Nonnen moralisch vorne.

»Herr Anders«, begann sie.

Viktor fiel ihr ins Wort. »Julia und ich waren gerade draußen auf dem Friedhof mit Grabpflege beschäftigt.«

»Und die Russenmafia?«, fragte sie süffisant.

Er hob verlegen die Wodkaflasche. »Wir haben dabei wohl ein wenig zu tief ins Glas geschaut.« Er stieß das Mädchen mit dem Ellenbogen, das einzuschlafen drohte. »Julia und ich.« Als sie die Augenbrauen hochzog, fügte er hinzu: »Ich dachte doch im Traum nicht, dass Sie auf so was anspringen: Russenmafia jagt Schweigemönch. So was ist doch Unfug. Noch dazu kam es von mir.« Viktor grinste jetzt.

»Natürlich.« Sie klang gefährlich ruhig. »Wo es doch noch dazu Ukrainer waren.« Karoline Schneid hieb mit der Faust auf den Tisch. Die Nonnen waren die Einzigen, die nicht zuckten.

»Wenn hier Ukrainer gewesen wären, hätten Sie die dann nicht festnehmen müssen?« Viktor gab sich sokratisch. »Bei der Übermacht?«

Karoline Schneid musste ihm recht geben. Es war ein Skandal, dass die beiden entschlüpft waren. Alles, was sie gesehen hatte, waren zwei Umrisse im Gasnebel gewesen. Und alles, was sie sich fragte, war, weshalb eine ausgebildete Spezialtruppe nicht in der Lage war, ein Fenster zu sichern. Drohnen, die nicht flogen, dachte sie. Ein Flughafen, an dem auch nichts flog. Und Sondereinheiten, die ganz besonders ineffektiv waren. Offenbar lebten sie in einer Endzeitepoche, in der das Leben einfach zu überladen und kompliziert geworden war und unter dem eigenen

Gewicht in sich zusammenbrach. Noch Fragen? Dutzende, dachte sie, aber es half ja nichts.

Endlich stand sie auf. »Abmarsch«. befahl sie, und fügte, an Bergmann gewandt, hinzu: »Denken Sie daran, dass Suizid in Ihrer Religionsgemeinschaft nicht gerne gesehen wird. Auch wenn man sich von Ukrainern dabei helfen lässt.«

Er hob den Kopf und schaute sie an. »Mir passiert nichts«, sagte er.

»Sie müssen es wissen.« Viktor und seine Begleiterin würdigte sie keines Abschiedes.

Als sie fort waren, war es Viktor, der auf die Nonnen starrte. Es war mühsam, angesichts ihrer Phalanx zu fragen, was er fragen musste. »Pater«, begann er.

Bergmann hob seine bandagierten Hände und betrachtete sie.

»Pater.« Viktor tastete nach Julias Hand. »Pater?«

»Was?« Sebastian Bergmanns Stimme war so laut, dass ein Beben durch die Reihen der Habitträgerinnen ging. Wie auf Verabredung strömten sie eine nach der anderen hinaus.

Viktor schluckte. »Werden Sie mir wirklich vergeben?«

»Raus«, sagte Pater Bergmann. »Raus. Alle raus aus meiner Zelle.«

Viktor zog es vor, ihm ohne weitere Bemerkungen zu gehorchen.

35

Der Polizeikordon war lange schon abgezogen, als Viktor und Julia immer noch im Fond ihres Leichenwagens auf dem Wanderparkplatz saßen, misstrauisch beäugt von vorbeiziehenden Pilzsammlern, die beim Anblick des schwarzen Autos ihre Körbe fester umfassten.

Viktor dachte nach; Julia war alles egal.

»Irgendetwas war damals komisch gewesen mit Bergmann«, sagte Viktor laut seine Überlegungen zusammenfassend. »Bei unserem ersten Treffen hier auf dem Friedhof.«

»Es gibt dieses Jahr viele Steinpilze.« Julia hatte ihren Kopf an die Scheibe gelehnt und schaute dem Mann in Kniebundhosen und Regenjacke nach, der sich am Waldrand noch einmal nach ihnen umwandte.

In Viktor arbeitete anderes. »Er hat so dringend darauf bestanden, dass wir die Nonne begraben. Obwohl wir damit der Spurensicherung ins Gehege kamen.« Er schaute sie an. »Glaubst du, das hat etwas zu bedeuten?«

Julia schaute ihn an. »He, *du* hast gesagt, dein Cousin vertraut ihm.«

Ja, dachte Viktor. Ja, einerseits vertraute er Tobis Instinkten. Aber andererseits. So war eben der ganze Tobi. So war das ganze Leben: einerseits und andererseits. »Mein Cousin hat ja auch deine Titten angefasst.«

Julia grinste. Zum ersten Mal seit Langem wieder. »Da lag er ja *auch* goldrichtig. Jetzt entspann dich mal.«

Aber Viktor konnte sich nicht entspannen. Die Entführung, die Folter, das war alles ein bisschen viel gewesen, um jetzt plötzlich zu entspannen. So einfach konnte das alles nicht vorbei sein. In seinen Ohren dröhnte das Geräusch, mit dem Sebastian Bergmann damals nachts auf dem Friedhof den ersten Klumpen auf den Sarg geworfen hatte. Erde zu Erde, Asche zu Asche hatte er damals gedacht. Doch nach Erde hatte das nicht geklungen, da war er sich jetzt sicher. Es war viel zu hart und laut gewesen, dieses Geräusch. Er öffnete die Autotür.

»Was denn noch?«, maulte Julia.

»Wir graben sie aus!«

»Wen?«, fragte Julia und rutschte von ihrem Sitz. »Wen graben wir aus?«

Ein neuer Wandersmann kam vorbei. »Die Reizker sind dieses Jahr besonders gut.« Er salutierte. Oder wie man das bei Wanderern nannte.

Viktor stand der Sinn nicht nach Reizkern. Er wandte sich dem Friedhof zu. »Irgendwas hat Sebastian Bergmann in jener Nacht in ihrem Grab versteckt.«

Julia blieb stehen. »Die Nonne!«, wurde es ihr klar. »Wir graben eine tote Nonne aus.« Sie schüttelte den Kopf. Dadurch, dass man es laut sagte, wurde es nicht besser. »Die tote Nonne«, fantasierte sie, »eine Unterart des Trüffels, die sich durch ihren sanften Weihrauchgeschmack auszeichnet, gedeiht besonders gut in lehmiger Friedhofserde.«

»Ach, das ist ja interessant«, sagte eine Dame im rotkarierten Hemd mit großen Ohrringen über dem Janker.

Julia ignorierte sie und stapfte Viktor hinterher. »Ich will zurück zu den Russen«, rief sie.

Er drehte sich nicht um. »Das waren keine Russen. Das waren Ukrainer.«

Karoline Schneid war schon beinahe wieder in bewohntem Gebiet, als der Anruf kam.

»Ja, also«, begann ihr Assistent.

Sie war augenblicklich alarmiert. Solche Anfänge setzten sich nie gut fort. »Ja, also was?«

Wie sich herausstellte, war es ihm nicht gelungen, die Auseinandersetzung der beiden Damen Hammer und Weidner zu beenden, ehe nicht die völlige Erschöpfung beide zu Boden zog. Frau Hammer war daraufhin mit einem Dienstwagen nach Hause gebracht worden, wo sie zum ersten Mal seit dem Tod ihres Mannes Tränen vergoss. Vermutlich vor Wut darüber, dass niemand einen Mörder in ihm sehen wollte.

»Ich werde noch einmal mit ihr sprechen«, beschloss Karoline. »Jetzt, da Bergmann aus dem Rennen ist.«

»Ja, was diesen Bergmann angeht.« Ihr Assistent machte eine Kunstpause. »Ich musste Frau Weidner ja erklären, wo Sie sind. Und als der Name Bergmann fiel und dass er verdächtig sei …«

»Einer Bande Russen verdächtig«, unterbrach sie ihn.

»Ukrainer!« Er biss sich auf die Lippen. »Wie auch immer. Sie war auf einmal wie elektrisiert. Verlangte einen Kaffee. Wirklich sehr nachdrücklich«, fügte er hinzu, um sich zu rechtfertigen. »Und als ich mit dem Getränk zurück war, da war sie weg.«

»Weg?«, wiederholte Karoline, die schon begriffen hatte und in Richtung ihres Fahrers gestikulierte.

»Weg«, gestand der Assistent. »Und ich fürchte ...«

»Ja, das fürchte ich auch. Zurück zum Kloster«, blaffte sie in das Funkgerät des Wagens. »ALe.«

»Noch mal die Russen?«, fragte der Kollege am Steuer, ehe er seelenruhig wendete.

»Nein, die Mutter.«

»Oha«, sagte er, »nichts schlimmer als Mütter, wenn sie erst einmal in Fahrt sind.« Sie wurde in den Sitz gedrückt, als er Gas gab.

Zehn Kilometer weiter überfuhr der Kombi mit der Sondereinheit, der sich vor sie gesetzt hatte, ein Reh und landete im Straßengraben, zwischen Moos und Windbruch. Zwei Verletzte, erfuhr sie über Funk. Es war in etwa das, was sie erwartet hatte.

Sie selbst fuhr weiter, im Schritttempo vorbei an hochgerüsteten Männern mit MGs, die ratlos ein totes Rotwild umstanden. Bambi war tot. Ihr erschien das als ein schlechtes Omen.

Julia und Viktor knieten im Lehm. »Du weißt schon, dass sie nach einer Weile stinken«, sagte sie.

Viktor grub verbissen weiter. »Kunden stinken nicht. Sie riechen.«

»Ach, so wie Fichtensärge nicht billig sind, sondern preiswert, ja? Da ist übrigens einer.« Julia hatte eine Ecke aus festem Holz freigelegt und hielt inne. »Machen wir das jetzt auf?«

»Was wir suchen, hat er obendrauf geworfen.« Viktor wühlte mit beiden Händen im Dreck.

»Was erwartest du denn zu finden: die Mordwaffe? Ein Bekennerschreiben, gewickelt um einen Stein? Ein Medaillon mit ihrem gemeinsamen Namenszug?«

»Zum Beispiel.« Viktor wollte sich nicht provozieren lassen. Er zerdrückte Erdklumpen zwischen seinen starr werdenden Fingern und ignorierte die stärker werdenden Rückenschmerzen. Irgendwo schrie etwas »Uhuuu«.

»Hast du das gehört?«, fragte Julia.

»Mir ist jetzt nicht nach ornithologischen...«, begann Viktor. Dann hörte er es auch. Es klang jetzt aber eher wie »Aaaaah!« Sie schauten einander an. Inzwischen kannten sie beide Pater Sebastians Stimme. Viktor zog die schwarzen Hände aus der Erde. Julia nahm die Dreadlock-Strähne aus dem Mund, auf der sie herumgekaut hatte.

Das Nächste, was sie sahen, war Karoline Schneid, die gefolgt von einem Beamten mit gezückter Waffe geduckt über den Friedhof lief. Das gab den Ausschlag. Viktor wischte sich die Finger an der Hose ab und rannte hinterher. Julia war geistesgegenwärtig genug, die Schaufel mitzunehmen.

Der Anblick der vier veranlasste Ruth Weidner, den Wagenheber, den sie gerade in Pater Sebastians Rippen gedonnert hatte, noch einmal zu heben und auf die Gruppe zu schleudern. Er traf Karoline Schneids Kollegen am Handgelenk. Seine Pistole flog in hohem Bogen vor Ruth Weidners Füße. Sie brauchte sie nur noch aufzuheben. Was sie auch tat, um sie dem Pater an die Schläfe zu drücken. Mit der freien Hand umfasste sie seinen Hals und zog und zerrte ihn mit sich, die vier Verfolger immer im Schlepptau.

Karoline signalisierte ihrem glücklosen Kollegen, sich zurückzuziehen und für Verstärkung zu sorgen. Besser, als wenn er in seiner Aufregung hier noch etwas vermasselte. Besser auch, er war ihr aus den Augen, so wütend war sie auf ihn. An diesen Tag würde sie sich noch lange erinnern.

Ruth Weidner schien außer sich, genau der Zustand, in dem auch Laien gerne den Abzug betätigten. »Sag es«, brüllte sie in einer Tour. »Gib zu, dass du meinen Sohn getötet hast. Meinen Clemens.« Sie heulte den Namen heraus wie ein Wolf.

Von Sebastian Bergmann kam kein Wort. Falls er überhaupt noch begriff, was hier vorging, so zog er es vor zu schweigen.

»Mein Kind, mein einziges Kind!« Ruth Weidners Stimme war nicht mehr menschlich. Der ganze beruhigende Sermon, den Karoline Schneid abspulte, ging in ihrem Kreischen unter. Eine Tür öffnete sich. Ruth Weidner fuhr herum. Sie stolperte und schoss. Das Projektil ging in Sebastian Bergmanns linken Fuß. Er brach zusammen und zog sie mit auf den Boden. Jetzt hockten die beiden in einer Ecke des Korridors.

Eine Nonne lugte entsetzt aus ihrer Zelle.

»Tür zu!« Der Befehl kam von Karoline Schneid. »Und zwar alle.«

Eine Tür schloss sich, sieben rührten sich nicht.

»Frau Weidner«, begann sie. Dann hielt sie inne. Sie hatte sagen wollen, dass sie wusste, was in Ruth Weidner vorging. Aber sie wusste nicht, wie diese Frau sich fühlte. Sie hatte keine Kinder. Eine Schwester hatte sie, behindert, ein ewiges Kind an ihrer Seite. Als die zu sterben drohte, da war ihr vielleicht ähnlich zumute gewesen. Aber an Kerstins Beinahe-Tod war sie selber schuld gewesen. Diese ganze unbändige Wut, die hatte sich auf sie selbst gerichtet. Das hier war etwas anderes, oder?

Sie schaute in Ruth Weidners Augen, die nichts von dem sahen, was sie umgab. Und sie erkannte die Wut darin, den Wunsch zu zerstören, egal was, egal wie. Nur groß und endgültig sollte es sein, ein würdiges Opfer ihres großen, endgültigen Schmerzes. Es musste nicht einmal der Richtige sein. Um Gerechtigkeit ging es nicht mehr, nur um einen Ausgleich, eine simple, blutige Mathematik. Einer tötet, einer stirbt. Was konnte sie dieser Frau noch anbieten?

»Frau Weidner?«

Die setzte zu einem weiteren Klagelaut an.

»Halt bloß die Schnauze!« Das war Julias Stimme.

Sie hatte sich mit ihrer Schaufel nach vorne gedrängt und starrte die Mutter ihres Freundes an. »Mir reicht's«, brüllte sie. »Immer machst du so ein Theater. Erst quälst du Clemens sein halbes Leben, und jetzt, wo er tot ist, machst du einfach weiter. Spielst dich in den Vordergrund, tönst herum. Wenn der Typ ihn umgebracht hat, dann töte ihn doch. Na los! Ein Schuss und Schluss.«

Die beiden Frauen bohrten ihre Blicke ineinander.

»Aber erspar uns dein ewiges Drama. Immer nur du, du, du. Dein Schmerz, dein Verlust, dein verpfuschtes Leben, dein ach so bedeutendes Engagement. Es kotzt mich an.«

Ehe jemand etwas sagen oder eingreifen konnte, hatte sie mit der Schaufel ausgeholt. Sie traf Ruth Weidner seitlich am Kopf. Die Frau sackte zur Seite, die Waffe fiel ihr aus der Hand.

Sofort war Karoline Schneid bei ihr und prüfte den Puls. »Krankenwagen!«, verlangte sie. Ihr Kollege signalisierte, dass alles unterwegs war.

Viktor hatte sich inzwischen neben den Priester gekniet. »Fehlt nur noch die Dornenkrone«, stellte er beeindruckt fest. Der Pater wandte den Kopf ab.

»Was ich noch fragen wollte.« Viktor gab nicht auf. »Was war es, was Sie ins Grab der Nonne geworfen haben?«

»Wie?« Jetzt wandte Pater Sebastian ihm doch noch einmal den Kopf zu.

»Na, Sie wissen schon: plonk.« Viktor schaute erwartungsvoll.

Karoline Schneid war dazugekommen. Sie untersuchte den Fuß und löste ihren Gürtel, um die Wunde abzubinden. »Ein Arzt wird bald hier sein«, suchte sie den Pater zu beruhigen.

»Also?«, fragte Viktor hoffnungsvoll.

Pater Sebastian holte tief Luft. Atmete dann aber einfach wieder aus. Er richtete seinen Blick auf die Kommissarin. »Ich würde jetzt sehr, sehr gerne allein sein.«

Karoline legte Viktor die Hand auf die Schulter. Sehr nachdrücklich. Er ließ sich von Julia wegführen.

»Tja«, sagte das Mädchen. »Erde zu Erde, Asche zu Asche, Idiot zu Idiot. Du hättest auf Tobi hören sollen.« Sie klopfte an seinen Kopf und ahmte das Geräusch nach, das auch er gemacht hatte: »Plonk!«

36

»Tut mir leid, Mann.« Dimitri Volkovs Stimme am Telefon klang niedergedrückt.

Viktor hatte Mühe, sie mit dem Mann in Verbindung zu bringen, der ohne mit der Wimper zu zucken zwei Killer auf sie angesetzt, der Julia hatte entführen und Bergmann foltern lassen. »Und Sie wissen nichts?«

Viktor schüttelte den Kopf. »Nein«, sagte er dann. »Nein, wir wissen nicht, wer Clemens getötet hat. Die Polizei wertet noch Hammers Tagebuch aus. Sie hat auch DNA-Proben von ihm und Bergmann genommen. Aber so etwas dauert. Und dann muss der Vater ja nicht der Mörder sein.«

»Ich bin sein Vater.« Das klang entschieden.

Viktor wollte nicht allzu sehr widersprechen. »Nun ja, Pohl war es nicht. Und Bergmann sagt, er wäre es nicht. Bleiben nur noch Hammer und Sie. Wenn es nicht noch einen gab.«

»So war sie nicht«, widersprach Dimitri. »So eine, die mit allen rummachte.«

»Vielleicht nicht normalerweise. Aber geschwängert zu werden und dann vielleicht noch sitzengelassen, das kann einen schon aus der Bahn werfen. Denk ich mir.« Viktor dachte an seinen letzten Fall, der damit begonnen hatte, dass Miriam ihm eröffnet hatte, ihre Frauenärztin wolle ihn sprechen. Da hatte er für ein paar Momente lang geglaubt, er würde Vater werden. Das war schon ein schöner Schock gewesen. Hätte er sich abgesetzt, wenn es gestimmt hätte? Wäre Miriam dadurch aus der Bahn geraten? Schwer zu sagen, wozu Männer und Frauen in der Lage waren. Die Sache mit der Liebe war schon schwierig genug, wenn dann auch noch Kinder dazukamen... Viktor wusste, seine gedankliche Bilanz war armselig; er war armselig. Aber kamen andere weiter?

Er schielte zu Julia hinüber, die in einer Ecke des Abschiedsraumes stand und auf die Liege starrte, auf der seit heute Morgen der Körper von Clemens Weidner lag, verborgen unter einem gnädigen Tuch. Sie hatte Clemens verlassen, weil seine Sehnsucht nach Klarheit über die Vergangenheit sie schließlich genervt hatte, ein Umstand, den er ihr nur schwer verzieh. Denn mit derselben Begründung hätte eine Frau auch ihn verlassen können. Auch Viktor sehnte sich nach nichts mehr als nach Klarheit über seine Vergangenheit und seine Familie.

Andererseits hatte Julia Tobias ihre Brüste berühren lassen, was von einer gewissen Größe zeugte, auch wenn Tante Hedwig da immer noch anderer Ansicht war. Irgendwie stand es zwischen Julia und ihm eins zu eins, fand er. Da läutete es an der Tür.

Viktor hielt die Hand über den Hörer. »Das ist seine Mutter«, flüsterte er dem Mädchen zu.

Julia nickte. Sie hatten abgesprochen, dass sie sich im

Sargraum verstecken würde, bis Frau Weidner wieder weg war. Sie hatte wenig Lust, Clemens' Mutter noch einmal zu begegnen, und umgekehrt war es vermutlich genauso.

»Ich muss Schluss machen«, sagte er lauter in den Hörer. »Eine Kundin.«

»Ruth?«, fragte Volkov.

Viktor antwortete nicht sofort.

»Tu mir einen Gefallen«, bat der Häftling. »Ich hab ihr damals eine Kette geschenkt, so ein Blatt. War geklaut, von der Nachbarin. So ein Blatt. Guckst du, ob sie das noch hat? Oder fragst du?«

»Klar«, antwortete Viktor. »Leuten, die mich umzunieten drohen, tu ich gern jede Menge Gefallen. Oh, Mann! Was glaubst du, wer du bist?«

Im Hörer war es einen Moment still, ehe aufgelegt wurde.

Viktors Hände zitterten, als er auflegte. Das konnte ja heiter werden; er war jetzt schon nervös. Aber Clemens und Ruth Weidner als Kunden abzulehnen, das hatte er nicht gewollt. Dazu hatte er sich dem Jungen zu verbunden gefühlt. Also musste er jetzt da durch.

Als Clemens' Mutter eintrat, hatte sie beide Hände so fest um ihre Handtasche geklammert, als wollte sie sich vor dem Ertrinken retten. Erst als sie ganz dicht vor der Liege stand, ließ sie los und krallte sich dafür in das Laken. Dann, vorsichtig, als könnte sie etwas kaputt machen, legte sie ihre Hände auf den Stoff. Dort, wo sie die Brust ihres Sohnes vermutete. Viktor wusste, dass sie das Desinfektionsmittel riechen konnte. Clemens' Leiche kam aus der Gerichtsmedizin. Jetzt drang die Kälte durch den Stoff an ihre Haut. Er konnte förmlich sehen, wie sie durch ihre Finger strömte, die Arme emporkroch, in sie hineinfloss und sie erstarren ließ.

»Bitte!«, sagte Ruth Weidner tonlos.

Es war schwer zu entscheiden, um was sie bat. Dass ihr das erspart bliebe? Dass jemand ihren Sohn wieder lebendig machte? Ihr sagte, dass das alles nur ein böser Traum war? Dass sie es schaffte, die Augen zu schließen und zu weinen?

Viktor nahm das Laken und zog es herunter bis auf das Brustbein. Er faltete es sorgfältig, als könnte die liebevolle, behutsame Geste etwas von dem Schrecken des groben Y-Schnittes auf seinem Brustkorb nehmen.

Ruth Weidner legte ihre Hand wieder auf Clemens' Brust, diesmal ohne schützenden Stoff dazwischen. Viktor wusste, was sie fühlte. Es war nicht wie Haut. Das war vorbei. Alles war fort. Clemens' Mutter atmete tief ein, ein langer, zitternder Laut. Es lag keine Erleichterung darin. Sie fiel in ein Loch. Und ein Krampf schnürte ihr die Kehle zu, sie würde ersticken in diesem Loch. Die Angst war in ihren Augen zu lesen.

Viktor machte sich bereit, um die Liege herumzugehen, und sie wegzuführen. Sie lebendige Wärme spüren zu lassen, wenn es auch die falsche war. Nicht die ihres Sohnes. Nur irgendeine. In dem Moment tat ihm die Frau aufrichtig leid. Sie hatte alles verloren: ihren Sohn, ihren Job. Sie würde wegen Geiselnahme und Körperverletzung angezeigt werden. Ihre Zukunft war mehr als ungewiss.

Frau Weidner löste ihre Hand mit letzter Kraft. Dann neigte sie sich über Clemens' Gesicht, nahm seinen Kopf in beide Hände und bedeckte ihn mit Küssen: die Stirn, die Augen, die Wangen, wieder und wieder. Dann brach sie über ihm zusammen, wühlte sich in sein Haar und stieß einen Schrei aus, der alle Lebenden zusammenzucken ließ.

Julia im Nebenraum sog den Fichtenduft der Sargrohlinge ein, das einzig Trostreiche in der Nähe. Auch ihr Hals war wie zugeschnürt. Ihre Finger tasteten an ihrem Hals herum. Schließlich fanden sie den Kettenanhänger, das Ginkgoblatt. Clemens hatte es ihr geschenkt. Sie hatte ihn verlassen. Aber das Blatt abzunehmen hatte sie vergessen. War er ihr so egal gewesen? Oder doch noch so wichtig? Sie wusste es nicht mehr und schämte sich. Sie schämte sich so sehr, dass sie zu weinen begann. Mit der Hand über dem Mund versuchte sie, die Schluchzer zu dämpfen. Warum kam der Schmerz gerade jetzt, im unpassendsten Moment? Clemens! Clemens! Sie musste leise sein. Und atmen. Atmen.

Auch Ruth Weidner rang um Luft. Sie hatte sich wieder aufgerichtet. Viktor bot ihr ein Glas Wasser an. Eine Karaffe stand immer bereit. Aber sie schüttelte den Kopf. »Wo sind seine Sachen?«, fragte sie.

Viktor kannte das. Es gab Hinterbliebene, die beschäftigten sich mehr mit solchen Dingen – den Kleidern, die sie mitgebracht hatten, den Erinnerungsstücken, die sie in den Sarg legen wollten – als mit dem Verstorbenen selbst. Sogar diese Sachen hatten für sie mehr Erinnerung an das Leben, mehr Wärme und Duft als der tote Körper. Sie gaben ihnen Sicherheit.

Viktor war vorbereitet und überreichte ihr den Beutel mit allem, was Clemens bei sich getragen hatte, soweit es von der Spurensicherung freigegeben worden war. Da waren seine Kleider. An allen fehlte ein kleines Viereck Stoff, für Faserproben. Sein Geldbeutel, mit dem Bild von Julia. Ruth Weidner würdigte es keines Blickes; sie verweilte dagegen lange bei einem zusammengefalteten Stück Papier, schon ganz weich und speckig, ein Gedicht, von Hand notiert vor vielen Jahren. »Dass er das aufgehoben hat«, sagte sie. »Ich hab ihn mit dem Text bekannt gemacht. Er sagte: ›Das ist wunderschön, Mami.‹ Er nannte mich Mami.«

Vier Buchstaben, ein Klang, über den sie erst einmal hinwegkommen mussten. Es dauerte eine Weile, bis Ruth Weidner weiter in dem Plastikbeutel kramen konnte. Alles, was sie fand, nahm sie heraus, entfaltete, drehte und wendete es und legte es dann zu Clemens' Füßen ab. »Unsere Kette!« Sie hielt den Anhänger hoch. »Die hab ich für ihn gekauft, damals. Damit er dieselbe hatte wie ich. Er war noch ganz klein.«

Viktor starrte mit offenem Mund den Anhänger an: »So ein Blatt«, ging ihm die Bemerkung von Dimitri Volkov durch den Kopf.

»Clemens war so klein, er konnte sich später gar nicht mehr erinnern, wie ich ihm die Kette umgelegt hatte. Für ihn war sie einfach immer da. Er hat sie nie abgelegt. Niemals.« Als sie das sagte, schien sie eine Idee zu haben. Sie öffnete den Kettenverschluss und ging erneut zum Kopfende der Liege. »Helfen Sie mir mal?«, fragte sie.

Viktor beeilte sich, ihr entgegenzukommen und Clemens' Kopf leicht anzuheben. Besser, sie bemerkte die Naht am Haaransatz nicht, dort, wo man ihm die Kopfhaut abgezogen hatte, um den Schädel aufzuklappen.

Ruth Weidner machte sich hinter Clemens' Hals mit dem Kettchen zu schaffen. Als sie es an Ort und Stelle hatte, nahm sie den Ginkgo-Anhänger und legte ihn sorgsam in die Mulde zwischen Clemens' Schlüsselbeinen. »So war es immer.«

»War es nicht.« Es war Julia, die das sagte. Sie war aus dem Sarglager gekommen, verweint, blass. »So war es gar nicht. Und er hat die Kette auch nicht immer getragen. Er hat seinen Anhänger mir geschenkt. Und vor meinen Augen auf der Rückseite ein ›J‹ hineingekratzt.« Sie hielt das Ginkgoblatt hoch.

37

Viktor starrte sie an. Er begriff nur langsam. Aber er begriff: Als Clemens starb, hatte er keine Kette getragen. Seine war bei Julia, um ihren Hals, wo sie immer noch hing. Das hieß, die Kette, die man bei dem Jungen gefunden hatte, die er nun wieder trug, war nicht seine eigene. Und es gab nur eine andere: die seiner Mutter.

Viktor dachte daran, wie sie Clemens gefunden hatten: in seine Jacke eingemummelt, wie ein Kind, das fror. In diese blaue Jacke, die so sorgfältig verschlossen war. Sogar die Kapuze war übergezogen. In den Ohren die Stöpsel, aus denen seine Lieblingsmusik drang. Um den Hals das Zeichen der Mutterliebe. Und er lag nicht irgendwo unter freiem Himmel wie Dreck. Sondern auf geweihter Erde, in einem ordentlichen Grab. Es war sorgsam und mit Liebe gemacht. Wie von einer Mutter.

Einer Mutter, die mit aller Macht ihrem Sohn den Schädel eingeschlagen hatte. Viktor schüttelte sich, um das Bild loszuwerden. Stattdessen sagte er: »Es muss mühsam gewesen sein, ihn über die Mauer zu hieven. Für eine Frau.«

Ruth Weidner antwortete nicht.

Julia zitterte so sehr, dass Viktor dachte, sie müsste jeden

Moment zusammenklappen. Er wagte nicht, sich zu bewegen, um ihr beizustehen.

»War es so schlimm, dass er seinen Vater kennenlernen wollte?«, fragte Viktor.

»Er wollte mich verlassen.« Ruth Weidner schien selbst überrascht, als sie das sagte. Sie griff sich an die Kehle, als hätten die Worte dort Schmerzen verursacht. »Er hat gesagt, er hat gesagt ...« Sie schluckte. »Er hat gesagt, er hasst mich. Und dass ich sein Leben zerstört hätte.« Jetzt wankte auch sie. »Ich hab ihn verloren.« Sie schrie jetzt: »Ich hab ihn verloren!« Immer wieder. Dabei schwankte sie hin und her, wie ein Baum im Wind. Sie wandte sich zum Fenster, das auf den Garten blickte, zu den toten Stämmen, der Tür, der nackten Wand. Aber nirgends fand sie Trost. »Ich hab ihn verloren!« Ihre Stimme war schrill und rau.

Aus den Augenwinkeln sah Viktor, dass Julia ihr Handy herausgezogen hatte und wählte. Er bewunderte ihre Kaltblütigkeit.

Frau Weidner stolperte über einen Reifen der Liege. Sie hielt sich mit beiden Händen an deren Rand fest. Viktor schloss die Augen; das wollte er nicht sehen. Frau Weidner hockte nun auf dem Boden, eine Frau im Kostüm, in Stöckelschuhen, auf dem Boden. Sie brüllte den Teppich an.

Julia trat neben ihn. »Sie sind gleich da«, sagte sie.

Er nickte.

Die Tür ging auf, und Tante Hedwig kam herein. Mit einem strengen Blick zu Viktor und Julia, die tatenlos dastanden, eilte sie zu der trauernden Frau, nahm sie um die Schultern und richtete sie auf. »Sie haben ihn geliebt«, sagte sie leise, »ich weiß.«

»Ja«, flüsterte Frau Weidner. Sie klammerte sich nun an Hedwig Anders. »Ich hab ihn geliebt, ich hab ihn doch geliebt.« Sie wiederholte es wie ein Mantra. »Er war mein Ein und Alles.«

Hedwig nickte dazu und strich ihr über das Haar. »Sie haben ihn über alles geliebt«, bestätigte sie. »Sie tun es noch.«

Frau Weidner schluchzte auf. Sie weinte noch immer, noch immer untröstlich, doch jetzt leiser. Regen, der die ganze Nacht dauern würde, die ganze Woche, Jahre.

Viktor ließ zu, dass Hedwig die Frau hinausführte. Er wusste, sie würde sie in die Küche bringen, ihr einen Kaffee kochen und sie fühlen lassen, dass das nun einmal so war, dass Mütter ihre Kinder liebten, auf unverbrüchliche, manchmal mörderische Weise.

Julia schaute ihn an. »Du bleibst besser hier«, sagte er, drauf und dran, seiner Tante zu folgen. »Die Polizei wird mit dir reden wollen.«

Statt einer Antwort schlang Julia die Arme um seinen Körper und drückte sich an ihn wie ein Kind. Er seufzte. Dann umarmte er sie zurück und legte sein Kinn auf ihren Scheitel. Versuchte, nichts weiter zu denken. Sich nichts vorzustellen.

»Ich hätte ihn nicht mit ihr alleine lassen dürfen.«

Er schüttelte den Kopf und hielt sie fester. Er kannte den

Gedanken. Ich hätte sie nicht alleine lassen dürfen, das hatte er sich oft gesagt nach Hannahs Tod. Hätte sie nicht alleine lassen dürfen mit was auch immer. Mit dem, was er hätte wissen müssen und doch nicht gewusst hatte. Was wiederum nur seine Schuld sein konnte. Seine Schuld sein musste, so hatte er gedacht. Seine große Schuld. »Nein«, sagte er leise. »Dafür kannst du nichts.«

Solche Dinge waren zu viel für ein Kind von achtzehn Jahren. Ihr konnte er das sagen. Warum nicht sich selbst? Noch einmal drückte er sie an sich mit aller Kraft.

So standen sie eine Weile. Bis er die Augen öffnete und zur Tür sah.

Miriam betrachtete ihn. Wo war sie auf einmal hergekommen? Er erinnerte sich an ihren Anruf. Sie hatte mit ihm sprechen wollen. Er hatte sie angeschrien. Offenbar hatte sie einen zweiten Versuch unternommen, diesmal unter vier Augen.

»In der Küche hätte ich gestört«, sagte sie. »Hier offenbar auch.« Damit drehte sie sich um und ging.

Viktor wusste, er sollte ihr nachlaufen. Einen Moment lang setzte er dazu an. Er wollte es wirklich. Aber er hatte nicht die Kraft dazu. Es gab Dinge, die waren zu viel für Kinder von dreißig Jahren. Also blieb er, wo er war, und ließ es zu, dass Julia sein Hemd vollrotzte, bis er die Martinshörner hörte.

38

Endlich allein, dachte Viktor an diesem Abend, als alle fort waren. Endlich allein. Er hatte sich in seine Wohnung zurückgezogen, in sein altes Kinderzimmer. Und als ob das noch nicht reichte, hatte er die Tür abgeschlossen.

Zum ersten Mal war er Karoline Schneid für ihre Kühle dankbar gewesen. Sie hatte – ohne ein Anzeichen von Furcht – Hedwig die heulende Frau Weidner und ihm selbst Julia abgenommen und beide in ihren Wagen verfrachtet. Eine letzte ironische Geste hatte sie sich nicht verkneifen können und ihm ein Taschentuch überreicht, für all die Frauen, die er noch zu trösten haben würde in der Zukunft, hatte sie gesagt. Es war weiß, aus Baumwolle und trug ihre Initialen. Wer benutzte heute so was noch?, fragte er sich und schnupperte daran. Es roch leicht nach Marihuana, aber das war sicher eine Täuschung.

Bedauernd dachte er an das Piece, das Julia dem Gefängnisbeamten hatte abtreten müssen. Das wäre es jetzt. Er seufzte und öffnete sein Mailpostfach.

Der Sensei hatte nicht geantwortet, Viktor war enttäuscht. Aus den Augen, aus dem Sinn, dachte er. Er hätte wirklich gerne mal wieder mit einem vernünftigen Menschen gesprochen. Mit dem einzig vernünftigen, den er kannte.

Onkel Wolfgang war beleidigt, Hedwig durch den Wind, Miriam beleidigt *und* durch den Wind. Professor Hoffmann mutmaßlich beleidigt. Karoline war, wer sie war. Für die Weidner und Julia fehlten ihm die Worte. Tobi, nun ja. Dem fehlten die Worte eh. Die restlichen Bewohner des Hauses waren tot.

Er lachte bitter auf, als ihm klar wurde, in welchem Maß das nicht nur ihre Kunden im Keller betraf, sondern seine eigene Familie: seine Eltern, gestorben bei einem Autounfall vor mehr als einem Jahr. Und seine Schwester, Hannah, die sich vor zehn Jahren erhängt hatte. Und er wusste immer noch nicht, warum. Nur dass hier alle spannen, das wurde ihm langsam klar.

In welchem Irrenhaus war er hier eigentlich gelandet?

Was für ein Wahnsinn war dieses Leben hier! Und er ging täglich brav ans Telefon: Anders & Anders, Sie sprechen mit Viktor Anders. Was sollte das? Wer war er? Was machte er eigentlich hier? Mit einem Mal war die Sehnsucht nach dem alten Japaner, nach ihrem gemeinsamen wohltuenden Schweigen, nach den Nächten, in denen sie getröstet nebeneinander gesessen und über die Dinge des Lebens gesprochen hatten, übermächtig. Er hatte am Pazifik gelebt, den ganzen Tag am Strand! Was hatte ihn, Viktor, nur getrieben, das jemals aufzugeben? Für das hier!

Es klopfte an seine Tür. Oh, nein! »Tante Hedwig. Lass mich in Ruhe!«

»Bitte, Viktor, nun sei nicht kindisch, ich muss mit dir reden.«

»Wenn ich mich unterhalten will, komme ich in die Küche.«

Hedwigs Stimme wurde fester: »Es muss aber sein.« So klang sie, wenn sie Tobias in die Badewanne bugsieren wollte. Sie badete ihn noch immer. Viktor hatte sie einmal durch die halboffene Badezimmertür gesehen. Tobi saß in der Wanne, mit vor Wonne geschlossenen Augen. Und sie saß am Rand und drückte aus einem Schwamm warmes Wasser auf Schultern und Stirn, wieder und wieder. Hingebungsvoll, traurig, zärtlich. Es war ein so intimer Moment gewesen, dass er sich leise davongestohlen hatte. Berührt und voller Grausen.

»Hau ab«, sagte er grob.

»Viktor!« Sie hämmerte gegen die Tür. Dann hielt sie inne. Sie redete mit jemand anderem. Viktor hörte das Murmeln der Unterhandlung.

»Mein Sohn, du kommst jetzt da raus.« Das war Onkel Wolfgangs sonorer Bass.

»Ich bin nicht dein Sohn«, blaffte Viktor.

Draußen war es still. Einen Moment, dann noch einen. Und einen dritten, den Viktor körperlich spüren konnte.

Dann antwortete Wolfgang. »Doch, das bist du.«

Viktor begriff sofort. Das war es, was ihn am meisten verwunderte. Diese kurze Angst in ihm, der Abgrund, der Schwindel, all das, was mit diesem sofortigen Begreifen einherging. Er wusste, was Wolfgang meinte. Irgendwie hatte er es immer gewusst. So viele halb gefühlte, halb geahnte Dinge purzelten plötzlich an ihren Platz. So viel, was er als Kind und Jugendlicher nicht einmal zu einem Viertel verstanden, aber eben doch wahrgenommen hatte. Natürlich. Sein Gehirn arbeitete in einem schwindelerregenden Tempo, ganz ohne sein Zutun. Da rannten Botschaften entlang, wurden Verbindungen geknüpft. Er sah es, er fühlte es, wie sich etwas aufbaute, vervollständigte, zusammensetzte. In klaren Bögen und genau richtig genommenen Kurven sauste und rauschte es aufeinander zu, hielt inne, parkte ein, saß an seinem Platz, war perfekt. Doch, das bist du. Er hieb mit der Faust gegen seine Zimmertür. Das Sperrholz gab nach. Ein Loch entstand. Draußen erschrockenes Schweigen.

All das, und er hatte keine Ahnung gehabt! Wieso hatte er es trotzdem gewusst? Wieso war das alles so verdammt glaubwürdig mit einem Mal?

Hölle.

Viktor riss die Tür auf. Sah seinen Onkel und seine Tante. Sah Schreck, Scham, Unsicherheit, Erwartung. Knallte die Tür wieder zu.

»Viktor!«

Er kotzte auf den Boden.

»Viktor, lass uns reden.«

Hannah, dachte er, Hannah! Weiter konnte und wollte er die Überlegung nicht spinnen. Viktor war mit zwei Schritten an dem Bett, seinem Bett, in dem er gelegen hatte. In dem seine Mutter ihm jeden Abend einen Gute-Nacht-Kuss gegeben hatte. Seine Mutter, die es mit Onkel Wolfgang trieb.

Er holte den Rucksack hervor, den er seit seiner Ankunft dort unten gelagert hatte. Das Erste, was er einpackte, war sein Laptop. Dann zwei Schritte zum Schrank, Türen aufreißen. Er konnte seinen Blick nicht scharfstellen, griff mit beiden Händen hinein nach dem Erstbesten, stopfte es in den Rucksack. Es passte nicht. Er schmiss alles hin.

»Scheiße!« Er hätte heulen können. Schuhe. Schuhe und seine Jeans. Alles andere konnte man billig kaufen. Wieder schlug er gegen die Wand. Traf Brittney Spears, packte zu und riss ihr den Kopf ab. Spaltete mit einem scharfen Ratsch das verlogene Gesicht. Papierfetzen hingen herunter.

»Viktor.« Sie hielten mit dem Klopfen inne und schienen sich zu beraten. Das gepflegte Läuten der Haustür. Der Westminster-Glockenschlag. Wie seit zwanzig Jahren. Hier war alles gediegen. Seriös wie After Eight und das British Empire. Dazu Messingknöpfe und Marmorblumenschalen. Trauermienen und schwarze Anzüge. Und er hätte sich beinahe damit abgefunden. Nein, nicht mehr, nicht mit ihm!

Viktor zog den Kleiderklumpen aus der Öffnung des Rucksacks und riss sich zusammen, um ordentlich zu packen. Zwei Shirts, ein Pullover, die festen Schuhe. Unterhosen. Er brauchte nicht viel, er kam klar. Diesmal hatte er sogar eine Kreditkarte. Und ein Ziel. Hawaii war das Erste, woran er dachte. Er würde zu seinem Sensei gehen. Dann sähe man weiter.

»Viktor?« Es dauerte eine Weile, bis er die Stimme identifiziert hatte. Hoffmann! Den konnte er gerade gar nicht gebrauchen.

»Holen Sie Ihre Marmelade ab, Professor?« Am liebsten hätte er sich noch einmal übergeben, aber sein Magen war leer. »Gibt's alles unten in der schönen, gemütlichen Küche.«

»Viktor, jetzt sei kein Kindskopf.«

Das war zu viel. Er machte die Tür erneut auf und brüllte: »Der Scheißkerl fickt mit der Frau seines Bruders, vor den Augen seiner Familie. Aber ich, ich bin der Kindskopf?« Er holte aus und wollte Wolfgang die Faust ins Gesicht setzen. Da sah er Tobi, der weiter hinten im Flur stand, die Augen weit aufgerissen, dunkel, ganz Pupille. Er ließ die Hand wieder sinken und ging zu seinem Cousin, nahm ihn am Arm, führte ihn in sein Zimmer. »Bayern 3«, sagte er, sich mühsam beherrschend, nachdem er das Radio angestellt hatte. »Das magst du doch immer. Hör einfach nur Bayern 3.«

Tobias schaute aus dem Fenster. Was sah er? Viktor konnte nichts für ihn tun.

Auf dem Rückweg über den Flur lief ihm Thekla über den Weg. Fordernd mauzend strich sie um seine Beine. Wollte gekrault werden. Viktor packte sie, öffnete das nächste Fenster weit und schleuderte sie hinaus. »Zu viel gewollt«, murmelte er. Tobias hatte schon recht, stellte er fest. Das hatte was.

Mit einem zufriedenen Blick sah er der Katze nach, wie sie neben dem Rosenbusch landete, um beleidigt unter die Fichten zu humpeln. Er wünschte, es wäre Wolfgang. Er wünschte, der Kerl wäre tot. Ein Mensch vermochte sich nur innerhalb bestimmter, zumutbarer Grenzen zu beherrschen. Die waren hier überschritten. Er verschränkte die Arme, als die drei ihm entgegenkamen: Hedwig, Wolfgang, der Professor voran. Wenn auch nur einer von ihnen etwas dazu sagte, dann würde er explodieren.

»Ich hau ab«, verkündete Viktor. »Das war's.«

Seine Tante wollte etwas sagen. Aber der alte Pathologe ließ seinen Stock einmal kreisen und brachte sie damit zum Schweigen.

»Ich weiß ja nicht, was hier vorgeht«, sagte er. »Und es geht mich auch nichts an. Aber deine Abreise, mein Junge, die wirst du verschieben müssen.«

»Ach!« Viktor verknotete seine Arme noch ein wenig fester.

Statt einer Antwort holte der Professor einen Brief heraus und hielt ihn Viktor hin. »Wie du weißt, war ich sehr beschäftigt damit, meinen kleinen Haiku-Workshop zu organisieren, überaus beschäftigt, das gebe ich zu. Aber auch mit Erfolg. Es ist mir gelungen, den weltweit größten Haiku-Dichter dazu zu bewegen, uns mit seiner Anwesenheit zu beehren.«

Viktor hatte die japanischen Schriftzeichen bereits gesehen und erkannt. Er rührte sich nicht. Aber er zitterte.

»Allerdings möchte dein Sensei, dass du dich persönlich um ihn kümmerst, während er hier ist, Viktor. Er wird nächsten Freitag am Frankfurter Flughafen landen und erwartet nicht nur, dass du ihn abholst, sondern auch während seines einwöchigen Aufenthaltes hier betreust. Ich habe ihm versichert, dass du nichts lieber tun wirst.«

Viktor betrachtete das strahlende Gesicht Hoffmanns und das hoffnungsvolle seiner Familie. Er atmete ein. Er atmete aus. Er löste seine Arme, die wehtaten, so verkrampft hatte er dagestanden.

Sie alle schwiegen. Dann wollte Wolfgang Anders etwas sagen.

Viktor ballte die Faust, schlug zu, so hart er konnte, und schickte ihn mit einem Hieb auf die Bretter. Viktor ging in sein Zimmer. »Okay«, sagte er. »Ich mach's.«

Die Tür knallte hinter ihm zu.

Julia ließ den Brief sinken, den sie von Viktor bekommen hatte. »Natürlich«, stand dort, »ist es sinnlos, eine Beziehung mit einem Toten zu haben. Andererseits braucht man mit einem Lebenden nicht Schluss zu machen, bloß weil er lebt.«

Julia lächelte. Netter Versuch, dachte sie, sie und Claudio zu verkuppeln. Die Männer hielten doch alle zusammen. Aber man musste mit einem Jungen auch nicht nur deshalb zusammen sein, weil er lebte. Man musste mit gar niemandem zusammen sein, eigentlich. Man konnte auch andere Sachen machen. Sinnvolle Sachen. Armen Menschen helfen, zum Beispiel. Oder im Tierheim arbeiten. Wo dieser süße Typ sein freiwilliges soziales Jahr absolvierte. Ein Jahr war so unglaublich lang. Sie pustete sich eine ihrer Dreadlocks aus der Stirn.

Professor Hoffmann auf dem Podium verneigte sich tief. Der Sensei erwiderte die Geste. Viktor in der ersten Reihe applaudierte, mit unbewegtem Gesicht. Dann trat der Sensei ans Mikrofon. Er sprach. Doch zum ersten Mal fielen seine Worte nicht in Viktors Seele wie Steine in einen Teich.

Frau Hammer stand am Grab ihres Mannes. Sie war die Einzige, die gekommen war. In ihren Händen hielt sie eine einzelne Rose umklammert, bis sie den Blick des Pfarrers bemerkte, der auffordernd seine Brauen hob. Da schmiss sie die Blume in die Grube, drehte sich auf ihren hohen Absätzen um und verschwand.

Friedhelm stand in Bayreuth in seinem Garten und grub das Loch für den Rhododendronbusch, den seine Frau gekauft hatte. Er grub langsam und methodisch. Seine Frau markierte die richtige Stelle mit dem Fuß. Alles passte.

Peter Pohl saß am Küchentisch, mit dem Rücken zum Kühlschrank, an dessen Tür die Bilder seiner Kinder hingen, gehalten von Magneten in lustigen Formen. Ihre Mutter hatte die drei für das Besuchswochenende mitgenommen. Er saß über den Scheidungspapieren. Draußen auf dem Rasen lag ein verwaistes Dreirad auf der Seite. Sandkastenförmchen sprenkelten bunt den Rasen. Peter Pohl griff nach dem Taschenrechner. Er tippte. Er machte sich Notizen. Tränen liefen ihm über das Gesicht, sodass er nichts genau erkennen konnte und immer wieder von vorne anfangen musste.

Sebastian Bergmanns Hand auf seiner Seite der Glasscheibe lag kilometerweit von der Ruth Weidners entfernt. Er betrachtete den Verband um seine Finger und ließ sie wieder zurückfallen in seinen Schoß, in dem unbeachtet eine Bibel lag. Medea, dachte er. Medea hatte die eigenen Söhne getötet, weil der Vater sie verlassen hatte. Ihre Rache hatte ihn getroffen.

Er war nur der Beichtvater gewesen, und seine Entscheidung, in das Kloster einzutreten war kein Betrug an ihr gewesen. Das war so, sagte er sich. Gott war sein Zeuge. So war es. Am liebsten hätte er sie angeschrien. Aber auch das würde nichts helfen. Sie hatte ihm die Schuld gegeben. Er musste sie annehmen.

Sein linker Fuß schmerzte. Sebastian Bergmann wusste, dass das nicht genügte.

Ruth Weidners Körper schmerzte ebenfalls. Er war alt und nutzlos und roch schlecht. Sie wäre ihn gerne losgeworden. Aber den Versuch, sich letzte Nacht mit dem Ärmel ihrer Anstaltskleidung zu erwürgen, hatte sie aufgegeben, als die Luft knapp wurde. Jämmerlich. Sie betrachtete ihre Arme und überlegte, ob sie je den Mut aufbringen würde, die Adern darin aufzuschlitzen. Fragen konnte sie niemanden.

Miriam stand am Fenster, trank einen Tee und schaute Hedwig zu, die sich eifrig am Spülstein zu schaffen machte. Ihr Rücken zitterte vor Anstrengung, so heftig schrubbte sie das Becken. Zum dritten Mal an diesem Tag. Im Café saßen fünf Gäste, die sich leise unterhielten. Miriam nahm ein Stück Kandis und schaute zu, wie es auf den Boden der Tasse sank. Sie glaubte, sie dächte nach. Aber sie dachte an gar nichts.

Im Gefängnis beugte Dimitri Volkov sich über die Post. Es war Julia, die ihm den Gefallen getan und den privaten Vaterschaftstest organisiert hatte. »Clemens«, sagte Volkov und strich über die Unterschrift des Chefarztes. Clemens würde morgen beerdigt. Er hatte für die Beerdigung seines Sohnes nicht frei bekommen.

Ihm gegenüber saß der Mann, der Clemens unter die Erde bringen würde und nun darauf wartete, dass Volkov ihm sagte, wie er sich die Feier vorstellte. Wolfgang Anders war sein Name. Schwarzer Anzug. Komischer Typ. Er hatte ein verbundenes Gesicht.

»Mein Sohn«, sagte er, als Volkov wissen wollte, wer ihm die Fresse poliert hatte. »Das war mein Sohn.« Er schaute in den Gefängnishof. Laub auf Beton. Jemand kehrte in langsamen, methodischen Strichen.

Dimitri war ein wenig erstaunt. Nicht über die Antwort. Wo er herkam, schlugen Väter ihre Söhne, bis diese zurückschlagen konnten und es taten. Nein, was ihn wunderte, war die Ehrlichkeit der Antwort. Der Mann mit dem verpflasterten Gesicht sah nicht aus, als gehörte er zur ehrlichen Sorte. Eher zur verlogenen. Dimitri kannte sich aus damit. Er selbst war nie aufrichtig gewesen. Schon gar nicht gegenüber sich selbst.

»Ja«, sagte Dimitri Volkov und betrachtete das Bild auf dem kleinen Flyer, der Clemens' Tod verkündete und ein Gebet. »Manchmal sieht Glück seltsam aus.«

Tobias kletterte auf sein Trampolin. Er breitete die Arme aus und sprang. Sprang so hoch er konnte.

Im Rosengebüsch dahinter hockte Thekla. Sie leckte ihre linke Pfote, die, in der das Rheuma saß. Ihr Schnurrbart zuckte. Ihr Fell war gesträubt. Die grünen Augen betrachteten ruhig und konzentriert die Umgebung. Thekla plante ihre Rache.

Die Bestatter-Krimis von Tessa Korber

Gemordet wird immer

Ein Bestatter-Krimi, 288 Seiten, Broschur, btb 74171

Nach zehn Jahren kehrt Viktor Anders in das Haus seiner Eltern zurück, um sein Erbe anzutreten: die Teilhaberschaft am Familienbetrieb – einem Beerdigungsinstitut. Auch wenn Onkel Wolfgang wenig begeistert ist, dass er seinen Neffen, ehemaliger Surflehrer und Weltenbummler, in das ernste Bestattungswesen einarbeiten muss. Als Viktor seine erste Leiche für das Begräbnis vorbereitet, macht er eine ungewöhnliche Entdeckung: Eine Patronenkugel steckt im Rücken des Toten. Viktor beginnt, auf eigene Faust zu ermitteln – ohne zu ahnen, dass er mit diesem Fall auch ein bislang verborgenes Familiengeheimnis enthüllt …

btb

Die Bestatter-Krimis von Tessa Korber

Zum Sterben schön

Ein Bestatter-Krimi, 288 Seiten, Broschur, btb 74725

Tante Hedwig reicht es. Jahrelang hat sie sich um ihre Familie und das gemeinsame Bestattungsinstitut gekümmert. Nun will sie endlich Zeit für sich und flüchtet in eine Kur. Dabei bräuchte ihr Neffe Viktor dringend Unterstützung, denn Onkel Wolfgang jagt einem Urnendieb hinterher. Und auch Viktor selbst ist gerade mit einem brisanten Fall beschäftigt: In Nürnberg treibt ein Serienkiller sein Unwesen, der hübsche Floristinnen ermordet und ihre Leichen pietätvoll mit Blumen dekoriert. Zusammen mit seiner Freundin Miriam lässt Viktor es sich selbstverständlich nicht nehmen, auf eigene Faust zu ermitteln. Ahnungslos, dass der Mörder es bereits auf Miriam abgesehen hat ...

btb